오아시스를
클릭하다

오아시스를
클릭하다

이민진 지음

무한

Prologue

삶을 지탱하기 위해 필요한 것은 무엇일까? 살아가는 의미를 만들어주는 것이 무엇일까? 디지털 문명, 기계화된 사회를 거쳐 소통과 힐링을 찾고 있는 우리 사회에서, 삶의 방향을 제시하고 이끌어주는 꿈을 나는 '오아시스'라고 하고 싶다.

우리는 누구나 오아시스를 꿈꾼다. 개개인이 꿈꾸는 오아시스는 각양각색일 것이다. 하지만 현실은 녹록지 않다. 현대사회의 삭막함과 목마름 속에서 우리는 어쩌면 오아시스를 꿈꿀 겨를조차 허락되지 않는지도 모른다.

지난 역사의 암울했던 시간과 그 후유증, 이후 급변하는 사회, 치열한 과열 경쟁 속에 상실해 가는 우리의 인간성과 한을 풀고 싶은 욕구가 만들어 내는 또 다른 부작용으로 아직도 시대앓이를 하고 있다. 이제 우리는 오로지 '빨리빨리' 달리기만 할 때가 아니라 서로 소통하고 상처를 치유해야 한다.

우리는 살아가면서 수많은 갈등 상황을 마주하게 된다. 이에 대한 해법, 정답은 무엇일까? 어디에서 그 답을 찾아야 하는 걸까? 그것은 이 시대를 살아가고 있는 사람들이 만들어내야 한다. 고전이나 성경, 역사 속에 제시된 철학과 지혜를 동 시대인들이 공감하고 하나의 공론화된 의견을 만들었을 때 바로 그것이 이 시대에 존재하는 정답인 것이다.

'소통과 힐링'의 시대적 아이콘을 통해 우리가 궁극적으로 원하는 것은, 모두가 저마다의 소중한 오아시스를 발견하고 존중받을 수 있는 사회일 것이다. 우리가 더불어 행복한 사회를 만들어 가기 위해, 진정한 나를 찾고 행복을 찾는, 나만의 오아시스를 갖기 위해 가져야 할 자세가 무엇인지에 대한 진지한 고민과 해답을 조심스레 꺼내어 본다.

나는 유명인도 아니고, 긴긴 인생 경험을 통해 득도한 사람도 아닌, 그저 평범한 대한민국 시민 중 한 명이다. 그러나 급변하는 한국에서 가장 치열한 삶에 몸부림쳤던 세대의 한 사람으로서 우리가 소망하는 작은 오아시스에 대해, 그러한 오아시스를 위해 우리가 가져야 할 자세에 대해 조용히 얘기하고 이것이 이 시대의 또 하나의 소통의 아이콘이 되기를 소망한다.

—이민진

Contents

Part4 사랑을 꿈꾸었고 지금도 꿈꾼다

Part5 백세 건강과 즐거운 두뇌운동

부록 여행이 내게 주는 선물

거울 앞에 선 나의 모습에서 나의 색깔이 보이기 시작한다.
예전의 모습에서 느낄 수 없던 어떤 선명함과 견고함.
그리고 출처를 헤아릴 수 없는 자유로움과 넉넉함이 가을하늘 아래,
여름 한철 기성을 제대로 부리지 못한 뒤늦은 늦더위를
조심스레 밀어내는 산들 바람처럼 수줍은 듯이 가슴을 채워온다.

Part I

나와
마주하는
시간

　나와 마주하는 시간, 생각보다 쑥스럽다. 너무나도 익숙한 거울 속의 나의 모습을 천천히 들여다본다. 얼마나 오랜 시간 거울 속의 나를 보아 왔던가 그러나, 분명 나는 변해 있었다. 속일 수 없는 세월의 흔적이 느껴진다. 나를 향해 살며시 미소 지으며 나의 어제, 1년 전, 10년 전 그리고 어린 시절의 모습들을 떠올려 본다. 지난 세월에 대해 밀려오는 생각들로 눈물도 나고, 격한 감정이 복받쳐 오르기도 한다. 전반적으로 인생이란 슬픈 것인가 보다. 어느덧 내 마음속에도 자글자글한 세월의 주름이 잡혀버린 걸까? 마치 아이가 태어날 때는 울면서 배 속에서 나오지만, 어느덧 방긋방긋 웃는 것처럼 우리는 운명적으로 슬픈 인생에서 행복을 만들어 가는 위대함을 지니고 태어나는가 보다. "지혜로운 사람은 자신이 가장 깊이 상처받았던 곳으로 다시 돌아가 천국을 발견한다"고 한다. 이제 나는 내가 가장 아팠던 시간으로 돌아가, 다시 나를 마주하며 상처를 씻고 얼룩을 닦아내려고 한다. 그리고 나에게 소중한 분들께 감사한 마음과 사랑을 다시금 새겨본다.

소아과 실습을 돌고 있었다. 신생아실 실습은 군대 그 자체였다. 새벽부터 족보를 달달 외우고 담당 교수님의 예상 질문에 대한 답이 입에서 줄줄 설사하듯 거침없이 나올 수 있도록 준비해 놓아야 한다. 우리 조는 그 날도 공포의 새벽 훈련을 무사히 마치고 미숙아실로 향했다. 아직 30주도 채 되지 않았는데 뭐가 그리 급했는지 혹은, 엄마의 배 속 상황이 허락하지 않아서 미숙아들은 정해진 시간을 다 채우지 못하고 인큐베이터에서 이른 인생의 항로를 시작한다.

갓난아기를 보는 것만으로도 신기한데, 이 애기들은 엄마 배 속에서 다 크기도 전에 세상에 선을 보이고 있으니 얼마나 신기한가!

애기들은 다 똑같이 생긴 줄 알았더니 어쩌면 하나하나 생김새도 다르고 표정이며 눈망울로 의사 표현을 하는 모습들이 천태만상이다. 어느 아

이는 어떻게 울어야 새내기 의사 언니들의 관심을 유도하는지 본능적으로 파악하고 있다. 완전 불여시… 배고플 때, 불편할 때 짓는 표정 등 나름대로 그들은 의사 표현 수단이 있다. 단지 이 사회에서 사용되는 언어와 문화를 아직 습득하지 못했고, 적응할 육체적 능력을 갖추지 못했을 뿐이다. 그들은 이미 엄마 양막 안에서 삶의 한 사이클을 살고 이 세상으로 보내졌다. 그렇다. 그들은 본능적으로 다 알고 있다. 그들에게도 인격이라는 게 있을 것이라는 생각이 들었다. 그들을 함부로 대해선 안 된다.

이렇게 세상과 만난 그들은 전혀 다른 코드로 암호화되고 습득된 문화 속에서 새로운 표현 방법을 배워야 한다. 또 스스로를 인식하며 한 개체로서 자신의 이름에 존재감을 만들며 살아가야 한다. 이 얼마나 험난하고 고달픈 인생의 시작이란 말인가! 하지만 한 번 알에서 깨어 나와 삶을 시작한 그들은 어찌되었거나 이 세상을 버텨내야만 한다.

엄마의 양막을 깨고 나온 아이는 성장기를 통해 다시 한 번 '자아' 라는 두 번째 알을 깨고 세상에 나와야 한다. 자아라는 알, 상아탑, 자아의 성. 이 성의 높이는 개개인에 따라 다르다. 철통 같은 높이로 두껍게 성을 쌓고 절대 그 안에서 나오지 않는 사람도 있고, 투명 유리처럼 성 안팎을 넘나들며 자유롭게 양쪽을 오가는 사람도 있을 것이다. 자아가 타인으로부터 인정받고 이해받는 것에 대한 두려움이 클수록 그 성의 높이는 더 높고 벽은 더 두꺼울 수 있다. 그러나 분명한 것은 자아는 타인과의 관계 속에서 완성된다는 것이다. 따라서 두려움을 깨고 알에서 나와야 한다.

충분히 성숙된 개체는 알을 깨고 나와야 한다. 그러나 암탉의 배를 갈라 알을 꺼낼 수는 없다. 깨어 나올 수밖에 없을 만큼 차오른 성숙의 단계까지 우리는 기다려야 한다. 그리고 때가 되면 알에서 깨어 나와야 한다. 이제 세 번째 알에서 나와야 할 때다. 나는 세상과의 소통을 통해 힐링 받고, 스스로 성장하고 성숙해져야 한다.

어쩌면 완성된 한 분야의 모습에서 새로운 변화를 추구하는 것, 이것도 같은 맥락의 행위일 것이다. 우리는 세기의 유명 예술인들이 그들의 표현 방식에서 탈피를 시도하는 모습을 종종 보곤 한다. 끊임없이 변화를 위해 자신을 채찍질하는 모습에서 우리는 진정한 프로의 모습을 발견한다. 우리가 굳이 한 번 뿐인 인생에서 여러 개의 알을 깰 필요는 없다. 하지만 허락되는 한 최대한의 완성도와 성숙, 그리고 이를 발판으로 하는 새로운 변화를 시도하는 것이 아름답지 아니한가?

　다시 내 방에 피아노를 들여놓던 날, 잃어버린 나를 다시 찾은 느낌이었다. 두 팔로 껴안기엔 너무 버거운 피아노, 그 피아노가 다시 내 방에 생겼다. 설레기도 하고 긴장되기도 한다. 나는 굳어버린 열 손가락을 열심히 스트레칭하면서 예전에 쳤던 곡들의 악보를 고르기 시작했다. 이제는 중간 중간 이음새를 기억해 내지 못하는 부분도 있을 것이다. 다소 쓸쓸하고 속상하지만, 나는 정성스레 피아노의 뚜껑을 열고 아농과 체르니로 손가락을 워밍업 시켰다.

중학교 시절 음악은 나의 친구이자, 애인이었다. 좀 더 구체적으로는 피아노를 연주하는 시간이… 오로지 음악만이 존재하는 순간, 이 세계와 또 다른 세계가 있다는 것을 경험하는 것은 참 묘한 감정이었다. 피아노 레슨을 해주시던 선생님, 그리고 고등학교 음악 선생님께서는 피아노 전공을 권유하셨다. 참 순수하기 그지없던 그 시절 나는 음악을 진정으로 사랑하니까 공부를 택해야겠다고 생각했다. 입시에 쫓기고 입상에 신경 쓰며 피아노를 친다면 그것은 더 이상 내겐 지극한 즐거움이 될 수 없을 것 같았다. 음악에서만큼은 무한대의 자유를 내게 허용하고 싶었다. 당시 윤리 교과서에 이런 문구가 있었다. 칸트가 한 말인데, "그 자체가 목적이어야지 결코 수단이 되어서는 안 된다." 그렇다. "음악이 내게 즐거움 그 자체여야지 삶의 수단이 되어서는 안 된다."

많은 곡들을 치면서 난 작곡가들의 음악적 색깔에 매우 심취했다. 하나씩 옛 곡들을 다시 쳐보면서 그 모든 기억과 감성들이 되살아나는 것을 느꼈다. 음악의 신동 모차르트의 〈작은별〉 변주곡은 내가 어린 시절부터 가장 사랑했던 십팔번이다. 모차르트의 천재성이 단순한 가락 속에 여지없이 드러나는 요정 같은 곡이다. 기분이 꿀꿀하거나 위로받고 싶은 날은 베토벤을 골랐다. 내 인생의 모든 희로애락을 녹여버릴 것만 같은 음악이다. 나보다 더 아프고 답답했을 것만 같은 베토벤이 음악으로 나에게 그 힘든 상황을 극복하라고 용기를 주는 것만 같다. 피아노곡의 가장 꽃이라고 할 수 있는 것은 뭐니 뭐니 해도 쇼팽과 리스트다. 쇼팽의 피아노곡은 그야말로 우아함과 세련됨 그 자체다. 리스트는 보다 카리스마가 강하고 현란하다. 리스트의 공연에는 수많은 여성 광팬들이 그의 연주에 매료되어 속옷까지 벗어던지는 난리가 그 당시에도, 클래식을 공연하는 연주장에서 일어났다는 사실이 참 믿기 힘든 에피소드다.

슈베르트의 곡을 치다 보면 가끔 이 곡을 지은 사람이 남자였다는 사실을 도저히 믿을 수가 없다. 그의 곡은 그냥 아름다운 정도가 아니라, 너무나도 예쁜 여성의 사랑스러운 속삭임 같다. 슈베르트처럼 아름다운 감성을 소유한 남성이 대체로 사랑에는 실패를 한다. 너무 순수해서, 용기와 박력이 부족해서였을까?

슈만의 나비는 좀 더 자유로운 낭만파적인 세련된 느낌이고, 드뷔시의 〈달빛〉과 〈아라베스크〉는 사람을 황홀경에 빠뜨리는 마약 같다. 음악의 아버지 바흐의 곡은 늘 나의 정신 자세를 가다듬고 집중력을 키워줄 것 같다.

애틋한 추억으로 옛 친구를 다시 만나는 설레임으로 피아노를 들였지만, 예전의 그 열정을 다시 찾기가 쉽지는 않다. 그래서 고심 끝에 새로 구입한 피아노를 제대로 연습도 안 하고 무용지물로 만들고 있다. 아직 나의 장미로 길들이기가 쉽지 않다. 자꾸 치고 소리를 내주어야 피아노도 건강하고 예쁜 소리를 낼 수 있는데 시간을 내기가 쉽지 않다. 아파트에 살다 보니 피아노를 치는 시간에 제약도 많다. 게다가 체력적 소모도 크다. 어린 시절에도 피아노를 치기 전에 반드시 햄버거 등으로 배를 두둑하게 채우고 나서야 피아노 앞에 앉았다.

물론 다 핑계다. 시간은 만들기 나름이고 나의 체력은 아직 건재하다. 피아노를 치며 열 손가락으로 만들어내는 다채로운 소리의 향연은 그때그때의 나의 감성에 날개를 달아 더욱 풍성한 감성의 세계로 보낼 것이다. 내 감성에 물주기 프로젝트가 성공하려면 무엇보다도 피아노를 다시 치며 자유로운 감성의 여행을 다시 시작해야 할 것이다.

우리의 오감은 항상 새로운 자극에 노출돼 있다. 때로는 원하지 않는 자극으로 곤혹스러울 때도 있고, 기분 좋은 자극을 찾아 나설 때도 있다. 청각도 마찬가지다. 도시의 각종 소음 등으로 피곤에 지친 우리의 청각에는 가끔 아름다운 자극이 필요하다. 사람은 나이가 들면서 청각에 대한 만족을 더욱 추구하게 된다고 한다. 아름다운 소리를 듣고 싶은 것은 우리의 본능이다. 내가 연주하는 피아노 소리를 듣고 향유하는 것. 그것이 주는 지극한 즐거움을 다시 맛보고 싶다.

독일의 세계적 문호 헤르만 헤세의 대표작 《지와 사랑》은 냉철한 철학
자 수도원장 나르치스와 애욕의 편력을 일삼는 예술가 골드문트의 대립
과 갈등, 그리고 열망을 그린 소설이다. 두 사람의 양상은 인간이 '무상'
이라는 슬픈 운명을 지니고 영혼의 분열에 마음을 앓는 존재라는 사실을
일깨우면서 '참다운 인생은 어떻게 살아야 하는가'라는 문제에 대해 대
답하고 있다.

지성이냐 감성이냐, 학문이냐 사랑이냐, 나르치스냐 골드문트냐? 《지
와 사랑》을 읽는 내내 독자들은 이 같은 물음에 대한 답을 고민하게 된다.
하지만 우리는 이 두 가지 속성을 모두 포기할 수 없다. 이성과 지성으로
자신의 심연에 존재하는 비이성적인 힘과 충동, 그리고 약점을 발견한다.
그것을 냉철하게 헤아릴 줄 아는 '깨어 있는 사람'은 바로 나르치스다.

그래서 《지와 사랑》에서 나르치스는 '지' 에 비유된다.

'사랑' 은 골드문트다. 수사가 되는 것을 자신의 숙명인 줄 알았던 골드문트. 하지만 나르치스의 영향으로 수사가 돼야 한다는 믿음을 깨버린 골드문트는 모든 여자에게 사랑을 받는 매력적인 남성으로 변화된다. 강하면서도 예민한 감각을 지닌 사람, 영감을 받은 사람, 몽상가이며 시인으로 '연애하는 사람' 이 바로 골드문트다.

내 안에 있는 나르치스와 골드문트를 굳이 비교하자면 나는 골드문트와 닮은 소녀였다. 그럼에도 불구하고 나는 나르치스이고 싶었다. 나르치스의 지적이고 차분한, 명민하면서도 자상한 자태는 이미 나의 이상형이자 이데아가 되어 버린 것이다.

《지와 사랑》에서 수도원의 신입생 골드문트는 아름답고 고상하고 진지한 데다 매혹적이고 호감을 주는 젊은 선생, 나르치스를 만나게 된다. 학자처럼 진실하고 왕자처럼 멋진 나르치스는 냉담하면서도 반짝이는 눈을 하고 있다. 그의 절제 있고 논리적이면서도 순조로운 담담한 목소리 한 마디 한 마디는 골드문트의 가슴 속에 파고든다.

예술가적 특성인 위대한 사랑의 힘을 지니고 있는 골드문트. 섬세하고 풍부한 감각으로 꽃향기와 아침 햇살, 언어와 새들의 비상이나 음악을 즐기고 사랑해야 할 골드문트가 성직자가 되는 고해의 길을 고집하는 것은 어쩌면 모순이었을 것이다.

많은 사람들은 중고등학교 때 진로 문제를 놓고 고민하다 예술보다는 현실적인 선택을 하게 된다. 즉, 나르치스를 선택하게 되는 셈이다. 나 역시 고등학교 1학년을 마치며 피아노와 이별을 고하였다. 그러나 뒤늦은 입시 전략의 실패와 좌절로 나의 모든 것은 엉망이 되어 버렸다. 그리고 나르치스와의 만남도 끝이 난다. 나는 혼돈 속에서 어둡고 긴 터널을 걷기 시작한다.

20대 한때는 누구나 예술가가 될 수 있다. 끓는 청춘의 마그마 같은 감성, 폭발적 에너지, 예민한 감수성과 기꺼이 상처를 허락할 수 있는 용기. 그러나 그 이후 감성은 생존에 어울리지 않는 사치가 되고, 지성은 얄팍한 처세술로 변질된다.

사랑할 수 있을 때 마음껏 사랑해야 했다. 내게 감성을 허락할 수 있는 시간은 무한정 있는 것이 아니었다. 그래서 두려움 없는 사랑, 모든 것을 건 사랑도, 비록 그 결과가 가장 비참한 외로움과 허망함일지라도 그 자체가 하나의 특권이었던 것을! 이제 난 다시 내 감성에 물주기를 시작해야겠다.

　정신적 공황 상태로 인한 허탈감과 상실감. 삶에 철저하게 배신당한 기분. 내가 어떻게 쌓아온 상아탑이었는데, 이렇게 쉽게 한순간에 무너진다는 것이 믿기지 않았다. 그러나 난 왜 이렇게 자신감을 회복할 수도, 새로운 희망을 가질 수도 없는 것일까? 벼랑 끝에 마지막 한 발작을 딛고 있는 것처럼 지금 난 왜 이렇게 위태로운 느낌이 드는 걸까. 무엇이 문제일까? 도무지 알 수가 없었다. 책을 읽을 수가 없었다. 끝없이 환청이 들리고 머리가 아프고 뒷목은 뻣뻣했다. 일 년간을 버티고 버텨 간신히 대입 시험을 치른 나는 주변을 몹시 실망시키며 대학에 입학했다. 그리고 나의 대학 생활은 방황 속에서 시작되었다.

병은 물이 가득 채워질수록 기울어지기 쉽다. 매번 1등만 하던 아이가 어쩌다 한 번 2등 했다는 사실. 그것은 자신이 알고 있던, 스스로에게 정의 내리고 있던 자기 자신의 모습이 아닌, 이해할 수 없는 이방인이 나타난 상황이다. 너무 당혹스러워서 감당이 안 되는 것이다. 철저히 믿고 있던 자신이 내 믿음과 다른 모습을 나타냈을 때 더 이상 어떻게 이 세상에 적응해 살아갈지 아무런 방법이 떠오르지 않는다. 단 한 번도 두리번거릴 겨를이 없이 가열차게 살아온 사람에게 그것은 그동안의 인생이, 노력이 모두 잘못이고 헛것이었다는 극단적인 생각으로 그를 몰고 간다. 모든 것을 걸었다면 충분히 그럴 수 있는 것이다.

의과대학의 예과 시절이라는 인생의 르네상스 시대가 내게 온 것은 천만다행이었다. 의과대학에서는 고3이라는 입시와 삶의 여유가 없는 빡빡한 의과대학 본과 생활 사이에 의예과라는 2년의 시간이 있어 이 기간에 대학 생활의 다양한 경험과 삶의 양분을 습득할 잠깐의 여유가 주어진다. 내겐 별반 해당사항이 없는 황금기였지만, 소중한 휴식의 시간이 될 것 같았다. 가장 큰 변화는 자유, 성인으로 인정받는 것, 신촌이라는 새로운 공기였다. 그러나 그 당시 나는 남자에는 별로 흥미가 없었다. 대신 나는 친구의 연애편지 대필을 해주고 연합 서클 활동을 하기도 했다. 난 내 인생의 방관자로서 정작 진정성은 없으면서 너무 열심히 사는 친구들이 가끔 힘들어하는 것을 재미있게 구경했다.

의대반 오케스트라의 바이올린 회원으로 방학 때에는 합숙 캠핑을 하면서 가을에 발표회를 열었다. 이 모임에 어느 이대 OO과 학생이 합류를 했던 적이 있다. 명우회 회원이었던 그 친구는 모든 것이 독특했다. '황금알을 낳는 거위'라는 여자 의대생과는 역시 때깔이 다른 친구였다. 그녀는 늘 흥미진진한 연애담으로 순진한 우리 의대 식구들을 재미있게 했다.

"설마 하면서 꼬셨는데, 정말 넘어왔다. 그런데 사귀어 보니, 너무 돈이 없는 것이다. 내가 얼마나 비싼 밥 먹고 컸는데, 강남에 집 한 채 없는 남자하고 결혼할 수는 없다."

친구의 뻔뻔함이 너무 재미있었다. 흔히들 얘기하는 싸가지, 그러나 한 마리 학 같은 여대생 그것도 '이대 다니는 여자'에게는 특권이지 결코 만행으로 보이지 않았다. 나의 도덕적, 양심적 신호등이 작동하지 않는 시간, 나는 나에게 허용되는 모든 자유를 가급적 방관적 자세로 즐겼다.

　답답하고 어려운 시기를 거쳐 모처럼 찾아온 잠깐의 여유와 안식. 나의 소중한 예과 시절을 누구에게도 방해받고 싶지 않았다. 나만의 철저한 자유를 만끽하고 싶었기에 남들과의 관계 맺기에도 일정한 거리를 두었던 것 같다. 이 같은 나의 생각이 주변 친구들의 연애담을 그저 심드렁하게 받아들이게 했고, 특권을 빙자한 만행에도 이렇다 저렇다 토를 달고 싶지 않았다. 그냥 그렇게 나는 나에게 주어진 안식을 즐기리라. 그리고 그들의 행위와 생각에 대한 평가는 나만이 속으로 내리리라. 방관적 생각으로 주변을 주시하고 평가하는 것. 그것은 수험 생활이라는 어두운 터널에서 막 빠져 나온 예과 시절에 내가 자신에게 허락한 은밀한 쾌락이었다.

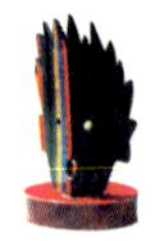

중학교 시절부터 여중, 여고, 여대… 한때는 내 삶이 힘들었던 이유가 무시무시한 여인천하 세상에서 살아서인 줄 알았다. 하지만, 사회에 나와 남성들과 함께 사회생활을 하다 보니 나를 힘들게 하는 이들은 여인들만이 아니었다. 그들 모두의 막강한 무기는 '질투'였다. 이것이 인간 본연의 속성일진데, 나는 왜 그것을 미리 짐작하고 대처하지 못했을까?

초등학교 시절, 나는 사립학교를 다니는 차분하고 참한 여학생이었다. 엄마의 치맛바람은 없었지만, 나는 3학년 때부터 해마다 여자 부반장으로 선출되었다. 이것은 그 반에서 가장 인정받는 여학생 1위라는 공식적인 증거다. 어깨에 견장을 달고 집으로 달려가 엄마한테 이 사실을 알려 드렸을 때 1시간 동안이나 내 말을 믿지 못하셨던 엄마. 6년간 초등학교 생활 내내 내 주변에는 늘 재벌의 딸이 있었다. 이왕이면 재벌의 아들이

옆에 있었으면 좋았을 텐데 아쉽다. 나에게 신데렐라콤플렉스에 대한 힌트조차 주지 않았던 엄마. 딸들도 무조건 직업을 가져야 한다는 신념을 주입시켰던 엄마의 교육이 이해되지 않기도 했다.

중학교 입학 전 반 배정을 위한 최초의 공식 시험인 배치고사 만점. 최초로 받아본 IQ테스트에서 IQ만점, 180 이상 측정 불가능. 나는 이때부터 '천재 소녀'라고 불렸다. 담임 선생님은 내가 어떻게 다른지를 매일 관찰하시겠다고 했다. 하지만, 이러한 상황은 예기치 못한 사건을 터뜨렸다. 중학 시절을 시작하며 낯선 환경에서 반장을 했던 나는 아직 꽃샘 추위로 쌀쌀한 봄 날 환경미화 심사를 위해 닦고 쓸고 꾸미는 일에 매진했었다. 그러던 어느 날 어느 옆 반의 한 패들이 우리 반을 기습하여 분필통을 교실 바닥에 들러 엎고 가버린 것이다.

나무 바닥에 윤기를 내기 위해 60명이 매일같이 왁스로 바닥을 닦는 일, 요즘은 상상하기 힘든 일이지만, 그 시절엔 그랬었다. 그런데, 기껏 윤을 낸다고 닦아 놓은 바닥을 분필 가루로 뭉개버리다니! 사건은 이것이 끝이 아니었다.

　1년 내내 나와 친구하고 싶다는 쪽지가 날아왔다. 중간고사, 기말고사 때가 되면 어려운 수학 문제를 들고 온 아이들이 한 줄로 서서 나에게 문제의 해법을 가르쳐 달라고 했다. 나만의 비법이 있을 것이라고 철썩같이 믿고 있는 것이다. 하지만, 어떤 아이는 방과 후에 나를 따로 불러 하고 싶은 얘기가 있다더니, "너만 보면 죽고 싶어진다"고 하여 내 등골을 오싹하게 했다. 그 아이에 대해 아는 바가 없던 나는 어안이 벙벙하였다. 그 후에 다른 아이들로부터 "자기 자신에 대한 불만이 많은 아이"라는 얘기를 듣긴 했으나, 왜 하필 나한테, 더구나 죽고 싶기까지 하다는 건지 영 기분이 좋지 않았다.

나는 월요일 아침 조회 시간이 되면 바빴다. 조회 전에 운동장에 서 있는 전교생들을 정렬시켰다. 교장 선생님이 나오시면 학교 구호를 선창했고 월별 행사 발표를 했다. 그리고 이어지는 각종 시상식에서 거의 빠짐없이 단상에 올라가 상을 받았다. 하지만, 그러던 어느 날 뜻밖의 사건이 터졌다. 어느 때처럼 조회를 마치고 나는 교실에 상장과 상품으로 받은 공책을 책상 위에 두고 잠깐 교무실을 다녀와 교실 문을 열고 들어서는데, 갑자기 숙연한 분위기… 어느 아이가 내가 받은 상장과 공책을 바닥에 던져 놓고 발로 밟고 있었다. 그 아이는 나에게 평소 잘 보이고 싶어했던 아이였는데 아마 이성을 잃었던 것 같다. 내가 교실로 들어와 자리에 앉자 소동은 가라앉고 잠잠해졌다. 나중에 그 아이는 나에게 진심으로 사과했다. 하지만, 나는 씁쓸한 마음을 혼자 추스려야 했다. 조금도 신경쓰지 말아야지… 속상해 할 일이 아니라고…

고등학교 시절, 한 동창생의 엄마가 우리 엄마한테 찾아와 "우리 딸이 반드시 이 집 딸을 타도할 거다. 각오하고 있어라!'고 했다고 한다. 타도라니! 동창생들이 나를 대하는 태도는 공격적이다 못해 혁명적이었다. 그만큼 나에게 경쟁의식을 강하게 가지고 있었기 때문에 내 인생은 항상 피곤할 수밖에 없었다.

대학 시절, 나는 내 인생의 방관자였다. 자연스레 친구들에게 난 경쟁 대상이 되지 않을 수 있었다. 남자들 사이에서 늘 화제의 대상이었지만, 정작 나에게 다가오는 남자는 손에 꼽히게 드물었다. 그들 중 누군가가 나한테 잘해주면 좋은 관계로 발전할 수도 있었을 것이다. 하지만 그들 대부분은 나한테는 정작 말도 걸지 못하고 주변 사람들한테 징징거렸다. 그래서 또 나는 내 의지와 상관없이 곤란한 상황을 겪어야 했다.

사회 초년 시절 그동안 쌓였던 일들을 서로 넋두리한 말, 상사 뒷담화를 고스란히 상사한테 일러 바쳤던 동기와 후배가 있었다. 일로 인한 스트레스, 어렵고 피곤한 상황에서 그래도 마음 편하게 믿고 대화를 나눈 동기와 후배였다. 하지만 나의 믿음은 어처구니없게 동기와 후배의 고자질로 배신감으로 돌아왔다. 사회생활에서 넋두리와 상사 뒷담화가 뭐 그리 큰 의미가 있겠는가. 같이 고생하는 동기, 후배와 수다 떨기를 하면서 잠시나마 스트레스를 풀고자 했을 뿐이었다. 하지만 소극적인 스트레스 해소 방법은 나에게 허탈한 마음과 상처만 안겨줬다.

　남자의 경우 질투와 분노의 표출은 훨씬 더 공격적이고 거칠다. 이들은 자신의 힘을 보여주기 위해서 혹은 자존심 때문에, 나의 사회생활에 직격탄을 쏘아 대기도 했다. 나에게 소개팅을 권유한 경우 혹은 호감을 보여 주셨다가도 내가 심드렁하거나 무반응인 경우 나의 상사에게 직접 나에 대한 욕설을 거짓으로 지어내거나 만들어 뒤에서 험담한다. 심지어는 그 조직에서 나를 내쫓기 위한 음모를 꾸민다. 잘해보려고 나름 노력했지만, 나도 한계가 있는 인간이고 마냥 내 감정을 숨길 수만은 없다.

　그래서 때로는 고마움에 대한 표시를 바로 하지 못하는 경우도 있고 내키지 않으면 안 할 수도 있다. 그런 경우는 나한테 말로 알아듣게 얘기를 해주거나 나의 상황을 이해해 주면 좋을 텐데, 그런 일들로 나를 구렁텅이에 빠트려 난감하게 하니 정말 당황스러웠다.

　소위 '범생' 의 인생을 살고자 하는 사람 중에는 이같은 내면적 갈등으로 고민하는 사람들이 많이 있을 것이다.

　하지만, 돌이켜보면 이 갈등은 상처라기보다는 하나의 성장 과정이라고 해야 할 것이다. 나 역시 나름대로는 잘하고 싶었고, 주변인들에게 인정받고 사랑받고 싶은 욕구에서 출발한 것이었는데, 이런 갈등을 겪게 되었던 이유를 곰곰이 생각해 본다. 그것은 나의 시각과 그들의 시각의 차이였고, 결국은 소통의 결핍이었다고 결론지을 수 있겠다. 너무 분주하게 달리기만 했던 발걸음을 멈추고, 주변의 모습들을 좀 더 둘러본다. 생존 경쟁에 몸부림치는 자영업자들, 직장인들, 입시에 치여 사는 학생들, 이를 뒷바라지하는 부모들…모두가 경쟁. 견제의 비좁은 틈바구니에서 숨 쉴 틈조차 없이 달리고 있다. 나보다 더한 상처 속에서 밀려오는 파도에 잠식되지 않기 위해 달리는 모습이 보인다.

우리 모두가 겪고 있고, 앓고 있는 성장통…그러나, 돌이켜보면 그러한 힘든 상황 속에서 나에게 도움을 주었던 고마운 분들도 얼마나 많았던가? 지난 날 나에게 적대적으로 대했던 사람, 내 인생의 행보에 악영향을 끼쳤던 방해꾼들, 나를 시기하고 견제했던 사람들에 대해서도 기다림과 소통을 위한 노력을 통해 진정성 있는 이해와 신뢰로 다시 만나게 되는 날을 기대하며 우리는 이 힘든 시간을 꿋꿋이 버텨내야 한다. 지금 나의 고통은 나만의 고통이 아니고, 같이 달리면서 부대낄 수밖에 없는 과정이라고 이해하고, 기꺼이 상처를 허락하며 함께 참고 달리는 것. 이것이 소통의 시작이고, 오아시스로 가는 길이 아닐까?

1. 동작을 완전히 소화하지 못하더라도 가장 예쁜 요가복을 입고 요가를 배우는 시간

2. 연두부 위에 색색의 파프리카를 양념한 소스를 얹어 먹는 것

3. 나만을 위한 최고급 스테이크 요리

4. 수면 시간, 티볼리의 FM라디오 음악 소리

5. 잔머리를 굴리기보다 오로지 진정성으로 한발씩 다가오는 사람

6. 내 거실의 화려한 조화들 속에서 손톱만한 꽃을 피워내려고 안간힘을 쓰는 화분

7. 샹송 〈파롤레 파롤레〉의 예지원 버전

8. 발라드 황제 이승철의 노래들

9. 사방이 온통 푸른 골프장에서 잔디 위를 걷는 순간

10. 한강 둔치에서 음악을 들으며 조깅하기

11. 풍경 좋은 곳 사진 찍기

12. 유럽 여행과 쇼핑

13. 장르별로 정리되어 있는 나의 음악 파일

14. 영화 〈올드보이〉의 OST

15. 흠뻑 땀 흘린 후 사우나

16. 재즈 댄스 후 맥주 한 잔

17. 마음 맞는 사람들과 마시는 가벼운 맥주 건배

18. 택배로 배달된 선물, 겹겹이 쌓인 포장을 하나씩 뜯는 순간의 설렘

19. 커피에 우유를 타서 만든 아침의 까페오레

20. 유로 팝의 일렉트로닉 버전

21. 낭만파 드뷔시의 〈달빛〉과 〈아라베스크〉 피아노 곡

22. 창문 가득히 내비치는 눈부신 햇살

23. 저녁 노을

24. 토요일 밤 100분 토론

25. 있는 그대로의 나를 인정해 주고 받아들여 주는 넉넉한 사람

26. 오랜만에 걸려오는 나의 전화가 너무 당연한 일인 척 받아주는 친구

27. 일에 혹은 내 세계에 파묻혀 주변에 둔감했던 나를 귀엽게 봐주는
    아량

28. 살아 꿈틀대는 조개를 잡아 바로 끓여 만든 조개탕

29. 경건한 예배당에 울려 퍼지는 찬송가의 합창 소리

초등학교 입학 전부터 주말이면 서예를 하시는 아버지의 먹물을 갈아 드렸다. 식구들이 모여 먹물을 가는 것은 주말 행사였다. 먹물이 튈 수 있기 때문에 어머니가 헌 옷을 기워 만들어 주신 가운을 덧입어야 한다. 두껍게 준비된 신문지에 똑같은 글씨를 반복해 쓰시는 아버지의 손길을 아무 생각 없이 바라보다 슬그머니 친구와 놀러 골목으로 향했다. 그러던 어느 날, 나는 문방구에서 백 원짜리 먹물을 판다는 사실을 알게 되었다. 그 먹물을 구입해 시험을 해보니 전혀 번지지도 않았다. 아니, 이렇게 좋은 게 있는데 왜 그동안 수 시간씩이나 먹물을 갈았을까? 휴우, 갑자기 억울한 생각이 들었다. 진작 먹물을 사다 드릴걸! 그날부터 나는 먹물을 갈지 않았다. 대신 아버지에게 먹물을 사다 드렸고, 언제부터인가 아버지도 주말 서예를 그만두셨다.

먹물을 가는 일은 마음을 닦는 일과 같다고 한다. 검은 먹물이 튀지 않게 마음을 차분히 가라앉히고 정성스럽게 충분한 시간을 갈아야 화선지에 먹물이 번지지 않고 훌륭한 필체가 나오게 된다. 어린 시절의 내가 그걸 알 리는 없었지만, 기계에서 만들어져 나오는 먹물은 이런 과정을 불필요한 소모적 행위로 추락시키고 말았다.

우리 생활의 많은 부분들이 이렇게 변해 갔다. 우리 어린 시절, 정성과 애정을 담아서 수작업으로 하던 많은 일들이 기계로 대체되었다. 기계가 우리 손을 대신하면서 잊혀지는 것들이 있다. 특히 기계로 만들어진 많은 것들은 더 이상 작품이 아닌 상품이 돼 버린다. 하나의 작품을 만들기 위한 장인의 고민과 정성스러운 손의 수고가 없어졌기 때문이다. 단지 똑같은 상품을 얼마나 빠른 시간에 많이 생산하는가만이 중요하다. 이같은 상업적 경쟁을 기반으로 만들어진 상품만이 살아남는다. 장인의 정성이 들어간 작품은 시장에서 생존하기 힘들어져 버렸다. 이렇게 우리 세대는 작품이 상품으로 빠르게 대체되는 변화를 온몸으로 체험해 본 세대가 됐다.

　흔히 7080세대를 낀 세대라고 한다. 아날로그와 디지털 문명 사이에 낀 세대 말이다. 하지만 이는 바꿔 말하면 아날로그의 감성과 디지털 문명을 공유하는 세대라고도 할 수 있다. 디지털 문명으로 변화된 사회는 가히 혁명이라 할 만큼 우리 사회를 변화시켰다. 많은 수작업이 기계로 대체되어 더욱 정확하고 완벽하게 일을 소화해내고 있다. 시간과 공간을 초월하는 혁명적 변화로 생활은 형언할 수 없이 편리하고 윤택해졌다. 병원에서도 EMR(전자의무기록)의 도입으로 진료의 수단에 있어 많은 부분이 변화되었다. 인턴의 주요 업무였던 없어진 영상의학 필름 찾는 일이 이제는 없어졌다. 더 이상 손으로 작성하고 끼워 넣던 차트는 없어지고 전산 입력으로 대체된다. 그러나 의사의 필체와 약어, 환부의 그림 등 전산 작업이 남길 수 없는 진료의 흔적을 놓고 우리는 얼마나 난감해 했던가? MP3 파일로 언제 어디서나 간편하게 음을 재생시키며 들을 수 있는데도 더러는 낡은 LP판에서 들려오는 소리에 뒤돌아보게 되는 이유는 무얼까? 우리가 가끔씩 아날로그적 감성에 대한 향수를 잊지 못하는 것은 무엇 때문일까?

　이제는 그 의미가 퇴색되고, 상실되고, 흔적조차 찾기 힘든 훈훈한 아날로그적 추억들이 주었던 감동, 우리는 다시 그것들을 찾기 위해 디지털 세계가 주는 편리와 여유를 아날로그로 다시 환원할 필요가 있는 건 아닐까?

어린 시절, 엄마는 가정 주택 1층에서 약국을 하셨다. 그래서 난 하루 종일 엄마와 함께 있을 수 있었다. 늘 약국에서 엄마와 약국을 봤다. 그러다 엄마가 잠깐 볼일을 보시거나 행상인에게 물건을 사러 갈 때면 내가 약사 노릇을 대신했다. 그럼에도 불구하고 난 엄마의 관심이 분산되는 것이 싫어서 늘 약국을 그만두었으면 좋겠다고 졸랐던 기억이 난다. 그러고 보면 인간은 참 관심에 목말라 있는 존재인가 보다.

초등학교 1학년 때, 담임 선생님을 찾아뵙고 돌아온 엄마의 고백을 듣고 나는 놀랐다. 엄마는 내가 한글을 깨우친 것을 확인하지 못하고 입학을 시킨 것에 대해 엄청나게 죄책감을 갖고 계셨다는 것이다. 글씨 쓰기를 제일 먼저 하더라는 담임 선생님 말씀에 엄마는 눈시울을 붉히셨다. 사실 난 약국을 보면서 이미 약 이름이 적혀 있는 상자들을 다 읽고 있었기 때문에 한글을 배워서 깨닫는 거라는 걸 처음 알았다. 약국에 자주 있다 보니 제약회사 영업사원 아저씨들의 귀여움을 한몸에 받게 되었다. 어떤 아저씨는 나보고 꼭 '이쁜이'라고 불렀다. 하루는 길 가다가 저만치에서 나를 발견하고는 '이쁜아' 하고 소리를 치는 것이었다. 순간 쥐구멍이라도 찾고 싶었다. 이쁘긴 뭐가 이쁘다는 거야? 나도 그 정도는 안다. 하지만, 차마 못 들은 척하지 못하고 난 아저씨가 사 주는 왕만두와 곰보빵을 못 이기는 척 맛있게 먹었다.

아이가 성장하고 머리가 굵어지면 '더 이상 자식도 아니라는 말' 맞는 말이다. 나도 학교를 들어가고 새로운 사회를 경험하면서 조금씩 내 세상이 생기고 엄마와는 멀어져 갔다. 엄마의 잔소리는 쓸데없는 소음이 되고, 고민은 엄마보다는 친구와 상의하게 됐다.

자식을 넷이나 낳고 약국을 하며 교육받게 하려고 학교를 보내고, 졸업을 시키고 취직을 해서 잘 다니는지, 친구들과 잘 어울려 노는지 등등 바람 잘 날이 없는 인생. 늘 자식이 먼저였던 엄마. 하지만 그렇게 키운 자식들이 도대체 무슨 의미일까? 잘되면 내가 잘나서 된 것이고, 안 되면 엄마가 해준 게 없어서라는 말도 안 되는 소리를 잘도 해댔다.

이제는 너무 늙고 나약해진 엄마, 자꾸 건망증이 생긴다며 눈물이 또르르 흘러내린다. 다행히 옆에 아버지가 계시고 가족들 중에 병환이 없어 큰 걱정은 없다. 하지만 자식들 키우고 돈 버느라 정신없던 날들을 보내고 감당하기 힘든 많은 시간이 주어질 때 엄마는 외로워진다.

힘들 때마다 엄마를 탓하며 책임을 회피하지는 않았는지, 공부 좀 더 했다고 엄마 앞에서 우쭐거리지는 않았는지 생각해보면 고개를 들 수가 없다. 그러나 이 모든 것을 받아주셨던 엄마가 있었기에 나는 이렇게 당당할 수 있었다. 물론, 오냐오냐 키워서 버릇없어졌다는 비판과 책망을 들으시게 해서 뵐 면목이 없다. 하지만 나를 믿는 엄마, 그리고 나를 스스로 믿게 해 준 엄마가 있어 난 버틸 수 있었다.

세상엔 엄마가 없는 아이들도 있고, 엄마의 사랑을 받으며 성장할 형편이 안 되는 아이들도 많다. 그런 아이들은 얼마나 이 세상에서 기를 펴기 힘들었을까? 갑자기 그들에게 빚진 사람 같고, 엄마에게 한없이 고맙고 미안해진다.

엄마들의 교육열이 대한민국만큼 뜨거운 나라도 없다. 대학진학률이 75%를 넘어가면서 대학 이름이 고등학교 졸업장처럼 취급받게 돼 버렸다. 물론 그 시작이 옆집 아이와 비교하는 습관에서 비롯된 안타까움이기는 하나, 교육열이 강한만큼 그 틈바구니에서 아이를 키우기란 쉽지 않다. ‘사교육이 문제다! 뜯어 고치겠다’ 라는 교육제도 개선이 대선 공약의 단골 소재가 될 정도니까.

세상을 배워가면서 재벌들에게는 그들만의 특별한 교육이 있다는 것을 알게 된다. 보이지 않는 계급제도. 월급을 주는 갑과 을의 인생은 좀처럼 자신의 능력과 노력만으로 바꾸기 어렵다. 운명은 개척할 수 있다지만, 어느 정도 숙명이 되어버린 것이다.

오늘날 엄마의 능력은 곧 자녀들의 인생을 만드는 척도가 되고 있다.

그것도 모자라 할아버지의 경제력까지! 참 변화하는 세상 모습을 보면 신기하다. 물론, 세상을 앞서 살아간 세대의 적극적인 도움은 분명 아이의 인생에 지대한 영향을 미칠 것이다. 위대한 사람들에게는 대체로 그 어머니의 희생과 보살핌, 그리고 적극적인 지도가 있었다. 이제는 그러한 뒷바라지가 두려워 자식을 안 낳는' 딩크(Doubld Income, No Kids)' 족들도 있지 아니한가? 이것은 분명 인생관의 문제일 것이다. 세상을 살아가는 것을 하나의 경쟁적 차원에서 볼 것이냐, 아니면 개인적 행복과 만족으로 볼 것이냐의 문제다. 남보다 나은 생활을 인생의 목표로 하는 사람들에게는 그 곳에 오르기 위한, 그것을 유지하고 좀 더 발전하기 위한 수단이 필요할 것이다. 반면, 행복하고 먹고 사는 지장만 없으면 된다는 사람들은 군이 치열한 경쟁 교육을 피해 '대안 학교' 라는 곳을 선택하기도 한다.

돌이켜 보면 나는 '나 홀로 교육' 을 했다. 나름대로 '나는 나 스스로 교육한다' 는 개똥철학도 갖고 있었다. 내가 부족하다고 느끼는 부분은 스스로 찾아서 배우고 익혔다. 예를 들어 미술 과목 중에서도 데생은 방학 기간 한두 달 정도 학원 과외를 하면 훨씬 진전이 있을 것 같았다. 그래서 나는 내게 가장 잘 맞는 학원을 찾기 위해 몇몇 미술학원 원장을 만나 인터뷰를 했다. 그리고 그중 가장 잘 맞는 곳을 선택해 등록했다.

평상시 좋은 에어로빅 프로그램이나 공을 이용한 체조 방송을 VTR에 녹화해 두었다가 방학 때 공부를 하는 틈새 휴식 시간에 따라 했다. 그리고 남는 시간에 고전을 탐독했으며 피아노와 영어 공부도 게을리하지 않았다.

수학능력시험과 논술 고사가 있는 요즘의 교육과정에서는 고전에 대한 토론이 필수다. 참 세상이 많이 바뀌어서 엄청난 양의 공부를 시킨다. 하지만 살아가면서 겪는 수많은 갈등 상황들은 우리가 책에서 보고 배운 것만으로는 해결되지 않는 경우들이 많다.

고전을 읽고 성경을 탐독하는 의미, 그 안에서 삶의 가르침을 얻고자 하는 뜻이 이루어지려면, 우리가 겪는 다양한 갈등 상황에서 그때그때 고전의 교훈을 떠올릴 필요가 있다. 또 고전 자체에서 말하고자 하는 의미를 우리가 살아가는 동 시대 친구들과 함께 공유해 하나의 사회적 인식과 통념으로 자리 잡도록 공론화할 필요가 있다. 고전은 선인들의 지혜와 경험들이 담겨 있기 때문이다. 이 같은 지혜와 경험은 우리의 삶을 더욱 풍요롭게 만들 수 있다. 이것이 바로 우리가 고전을 배우는 이유일 수 있다.

　이왕이면 이러한 교육이 입시에서 단순한 점수 따기를 위한 공부를 넘어섰으면 한다. 이로써 인문학이 제대로 자리를 잡을 수 있는 기회가 되었으면 하는 바람이다. 인문학은 인간의 가치 탐구에 중점을 두는 학문을 통틀어 말한다. 인간으로서의 예의나 도리, 만물의 영장으로서 인간이 여타 동물들과 다른 가치 탐구 등이 인문학의 대상이다. 쉽게 말해 자연과학처럼 객관적으로 수치화할 수 없는 무형의 가치를 추구하는 학문이라 할 수 있다. 급박한 현대 사회에서 갈수록 인간성이 메말라지고 있는 요즘, 인문학은 사람으로서 품격을 높이고 돈이나 지위 등 계량화된 가치를 뛰어넘는 인간성 회복을 구현한다. 특히 입시 경쟁과 시험 성적으로 메말라 있는 우리나라의 대다수 학생들에게 진정한 '인간다운 행복'을 추구할 수 있는 방법을 찾게 해준다는 점은 인문학이 꼭 필요한 이유다.

인문학적 소양을 쌓기 위해서는 독서가 필수다. 요즘에는 아이들의 독서도 엄마가 필수적으로 챙겨야 할 것으로 인식되고 있다. 인문학의 중요성이 입시에도 반영되면서 논술 고사 등을 위해 어린 시절부터 독서를 생활화해야 한다는 인식 때문이다. 물론 독서를 많이 하는 것이 학생들뿐만 아니라 모든 사람들에게 좋다는 것은 재론의 여지가 없다. 다만 아이들의 독서량을 늘리는 것마저 부모의 부담이 된다는 것은 안타까운 부분이다.

과연 부모의 역할은 어디까지일까? 아이를 향한 지나친 관심과 기대가 때로는 독이 되어 아이를 자포자기하게 만들 수 있다. 인간관계에도 마찬가지다. 자식, 친구, 애인, 부부, 형제, 부모님께도 상대에 대한 배려가 있는 사람이 관계를 행복하게 만들 수 있다. 상대에게 필요한 것을 주고 기다리는 미덕, 이러한 인격이 얼마나 힘든 것인지, 그러나 그것은 반드시 다시 자신에게로 돌아온다.

인생의 30대는 어떤 시기일까? 돌이켜 보면 참 숨 가쁘고 힘든 시간이었다. 한 순간도 결코 가볍게 생각하거나 자만하지 않았다. 내 인생을 방관자처럼 보내 버린 20대를 책임져야 했고, 나를 원래 자리로 되돌려 놓아야만 했다. 하루라도 의미 없는 시간을 보내는 것은 용서받을 수 없는 죄악이다.

내 인생의 집을 짓는 과정, 외관의 아름다움과 위용, 그리고 내구성과 기능성을 모두 갖춘 멋진 집을 짓기 위해 때로는 짓고 있는 집을 부수고 완전 다른 재료로 새로 지어 보기도 하고 이런저런 방법을 다 시도해 보기도 했다. 그 목표를 향해 어둠을 헤쳐 가는 동안 많은 시행착오를 거치고 장애물을 넘었다. 때로는 길을 잘못 들어 한참을 헤맸다. 나의 진심과 전혀 다른 오해를 받기도 하고 의견 충돌로 싸우기도 했다. 남들은 쉽게

가는 것만 같은 인생이 내겐 마치 걸리버 여행기처럼 울퉁불퉁하기 짝이 없는 험난한 여정이었다.

오해가, 아픔이, 미련이, 마음에 담아두고 하지 못한 말들이, 켜켜이 쌓인 감정의 다발 속에 녹는다. 어쩌면 영원한 이별이 될지도 모를 감정들을(그 어떤 이름도 좌표도 지정하지 않은 채) 이렇게 흐르는 시간 속에 부유하는 기억의 파편들로 흘러 보낸다.

그래, 이렇게 삶은 신출귀몰의 과정을 되풀이 하면서 꾸준히 이어진다. 어쩌면 이런 것이 숙명적인 생(生)의 원칙인지도 모르겠다. 오르락내리락을 지속하며 생성과 사멸을 이어가는 이퀄라이저(equalizer)의 막대 그래프처럼…. 누군가가 그랬다. "인생에는 필연적으로 빛과 어둠이 공존한다"고. 이 두 가지가 빚어내는 무늬가 인생을 수놓는다.

30대, 그건 아마도 불확실성의 나이가 아닐까 싶다. 그 무엇도 확실한 것은 없었다. 일과 사랑, 인간관계, 그것은 언제 어떻게 변할지 모르는 예측 불허의, 의미를 알 수도, 이해할 수도 없는 뿌연 안개였다. 그럼에도 불구하고 나는 그 안개 속을 달려야 했다. 하루하루가 전쟁 같은 365일을 버텨내면서 비로소 얻은 한 살. 이렇게 힘겹게 버텨낸 한 해 한 해로 나의 30대는 다져진다.

때로는 넘어지고, 까지고, 다치고, 그 위로 모래바람이 덮치고, 상처받고, 오해받고, 깨지고, 더 이상 수습이 불가능한 상황까지 치달은 어느 순간, 까무러쳤던 나는 다시 깨어났다. 그러자 의외로 나를 싸고 있던 그 뿌연 안개가 걷혀졌다. 이게 어떻게 된 걸까? 어쩌면 그 안개는 바로 나 자신이 만들어낸 것인지도 모른다. 나의 환상, 꿈, 기대와 불안감, 채워지지 않는 허영, 이런 것들로 뒤범벅된 뿌연 안개, 그것이 나를 가로막고 있었는

지도 모른다. 넘어지고 다치고 부서지면서 비로소 이 안개도 어느새 자취를 감춰버린다.

거울 앞에 선 나의 모습에서 나의 색깔이 보이기 시작한다. 예전의 모습에서 느낄 수 없던 어떤 선명함과 견고함. 그리고 출처를 헤아릴 수 없는 자유로움과 넉넉함이 가을하늘 아래, 여름 한철 기성을 제대로 부리지 못한 뒤늦은 늦더위를 조심스레 밀어내는 산들바람처럼 수줍은 듯이 가슴을 채워온다.

　한민족은 정이 많다. 그리고 정에 약하다. 그래서 옆 사람의 삶에 관심이 많다. 어떤 경우에는 관심을 넘어 끊임없이 비교, 견제, 시기, 질투를 한다. 잘잘못을 이성적으로 판단하기보다는 감정적 쏠림에 더 광분한다. 동질감과 일체감을 최우선으로 생각하는 한국의 정서. 그래서 한때 교포 2세들은 한국 사회에 적응하지 못한 채 그들의 뿌리를 잃고 방황하기도 했다.

　역사적으로 긴 세월 동안 끊임없는 외침, 좁은 땅과 뚜렷한 사계절, 자원의 부족 등 우리나라는 살기 힘든 척박한 환경과 자연적 배경을 갖고 있다. 흥선대원군의 쇄국 정책으로 급변하는 세계의 사회적 변화에 편승하지 못하고 결국 일본에게 나라를 빼앗기는 국치를 겪게 된다. 일제 치하에서 해방된 후에도 곧 남북 분단이라는 민족적 슬픔을 겪어야만 했던

암울한 시대적 배경으로 우리 민족은 어쩔 수 없이 좌절감과 허탈감, 배신과 불신, 희망적이고 진취적이기보다는 한과 체념에 익숙해져 있다. 윤리적 패배주의, 군대 문화, 사대주의 사상 등에서 완치하지 못하고 힘겨워 하고 있다. 역사적 흐름 속에서 수반될 수밖에 없었던 정신적, 사회적, 문화적 부작용으로 인한 정서와 의식, 옳고 그름에 대한 판단이 굴곡되고 왜곡되어 있는 상태, 정치적 민주주의가 실현되지 못했던 환란기, 격동기를 거쳤다.

4060세대가 그러했고, 다음 세대인 우리도 그 영향을 받으며 변해가는 시대앓이를 해왔다. 우리나라에서는 눈치가 없으면 살아남을 수가 없다. 요즘 '소통'이 시대적 화두이지만 최근까지도 당당하게 자신의 의견을 말하는 것을 정당한 반론으로 받아들이기보다 '모난 돌'로 치부하는 분위기가 팽배했다. 남과 조금이라도 달라 보인다는 것이 얼마나 위험스럽고 위협적인 일로 인식되었는가? 다양성이 인정되지 않는 사회. 획일적 시각과 가치관으로 타인의 혹은 대중의 판단에 자신의 판단을 맡겨버리는 도덕적 방관자들이 아니었는지? 특히 나의 경우 중학교 시절 피아노 음악이나 서양의 고전을 위주로 공부했던 이유로 좀 더 적응이 힘들었다.

새로운 중학교 생활에 적응이 힘들어 나만의 방법으로 피아노와 고전에 더욱 매달렸던 같다. 피아노와 고전은 당시 나에겐 일종의 해방구와 같은 존재였다. 하지만 이런 공부 방식은 결과적으로 한국적 정서에 잘 어울리지 않았다.

지금의 우리나라는 상전벽해(桑田碧海)라 말할 정도로 크게 변화 발전했다. 급속도로 성장하고 있는 한국은 모든 분야에서 최고, 최대, 최초의 신화를 하나씩 이루어 가고 있고, 세계에서 가장 살기 좋은 도시 서울을 만들어 가고 있다. 그러나 경제적 선진화와 윤리 및 정치의 선진화 사이의 불균형은 아쉬운 부분이다.즉, 최근 급속도의 성장과 발전을 위한 채찍질 속에서 우리 사회는 윤리와 도덕적 불감증에 시달리고 있다. 속임수와 사기, 수단과 방법을 가리지 않고 도덕과 양심을 저버리는 것이 성공을 위한 필수 불가결한 요소로 받아들여지기도 한다. 일단 성공하고서 자선사업과 기부로 뒷막음을 하면 그만이라는 자기 위안, 이것이 대한민국 사회 일부에서 썩어가고 있는 다수의 공감된 생각이다.

옳고 그름에 대한 기준, 재현성 있는 잣대를 갖고 있는 시민이 과연 몇 퍼센트나 될까? 온통 입시 위주 교육에 이리저리 휩쓸려 가면서 한국의

가치관은 뿌리도 없이 형편에 따라 우왕좌왕하고 있다.

아래로부터 사회적으로 지도자 위치에 있는 사람들까지 물질적 욕구를 충족시키기 위해 정신없이 헐떡거리고 있는 대한민국 사회. 섣불리 입바른 소리를 했다가 모든 십자가를 혼자 짊어지고 아웃될지 모르는 불안감에서 눈치만 보고 부패된 도덕과 양심에 공조하고 있는 공범자들. 이같은 상황은 목적을 위해서라면 어떤 수단이든 상관없다는 인식이 팽배해지고 있기 때문이다. 물질이 아닌 과정의 중요성을 일깨우고 얄팍한 지식과 기술로 선량한 사람들을 상처 내는 것은 인문학을 도외시하고 있는 사회 현상도 원인으로 들 수 있다. 사람이 사람을 존중해야 하는 이유, 남을 밟고 일어선 성공은 모래성에 불과하다는 의식의 확산, 더불어 살기 위한 제도 마련, 순간적인 물질 획득보다 튼실한 철학적 기초가 진정한 가치가 있다는 인식. 이런 것들이 널리 퍼지기 위해서는 인문학이 바로 서야 할 필요가 있다. 비약적인 발전의 이면에 부실한 기초공사로 위태로운 것이 현재 대한민국의 자화상이다.

Part2

공존과
공유

나의 생각과 일상을 누군가와 공유하고 싶어질 때가 있다. 마음이 통하는 사람과 공통된 관심사를 놓고 몇 시간이고 대화하고 싶을 때도 있다. 나의 생각과 생활을 공유하는 것. 이것이 바로 소통의 형태 중 하나일 것이다.

누군가와 소통하고 싶은 것은 사람들의 기본적인 심리다. 자신의 생각을 담은 글을 책으로 엮거나 신문에 기고하는 것도 소통의 욕구에서 출발한다. 페이스북, 트위터 등 SNS가 각광받는 것도 나와 다른 사람과의 소통을 위한 효과적인 방법이기 때문이다.

다른 사람이 나의 그림과 글을 보고 공감을 할 수 있다면 좋겠다. 내 피아노 연주에 나의 개성이 담기고, 그 개성이 담긴 연주를 누군가 '이민진 스타일'로 불러준다면 좋겠다.

　　기분 전환이 필요하거나 울적할 때면 나는 종종 한강 둔치 잔디 위를 걷곤 했다. 잔디의 폭신한 감촉과 푸르름이 기분을 상큼하게 해줘 참 좋았다. 오월의 하늘은 더 없이 맑고 높았다. 눈부신 햇살과 선선한 바람이 나의 어지러운 머리와 뺨을 쓸어주었다. 그 당시 나의 사회생활은 참 만만치 않았다. 그날도 나는 어려운 직장 상사와 공격적인 부서 직원들 사이에서 부서져 버린 마음을 가다듬고자 한강 둔치로 향했다. 하지만 그날은 눈부신 날씨와 상큼한 바람이 다소 건조하게 내 뺨을 비껴 지나갔다. 봄바람조차 나의 어지러운 머릿속을 씻어내기는 부족했나 보다. 저만치 너른 한강변에 닿기 전 잔디가 보이기 시작했다. 잔디 위에 몇몇 사람들이 눈에 띄었다. 가족끼리, 연인끼리, 친구들과 함께 그들은 참 행복한 시간을 보내고 있었다. 너무나도 평화롭고 고즈넉한 오후였다. 순간 고요한

78

평화를 깨고 상큼한 봄바람 사이로 뜻하지 않은 야유가 들려왔다. 나 때문에 모두가 피곤하다고. 그냥 대충 넘어가도 될 일을 꼭 건드리니까 문제라고. 난 그저 정말 잘하고 싶었고, 그렇게 하는 것이 최선이라고 믿었을 뿐인데…. 그런데 왜 이렇게 되었을까? 왜 좋은 해결책을 찾지 못하고 이렇게 또 다른 갈등 속에 나는 스스로를 몰아올 수밖에 없었을까? 내게 문제가 있는 건 아닐까? 내가 너무 솔직하고 직선적이었나? 도대체 난 뭐가 부족한 걸까? 잔디 위에 다다를 때까지 나는 마땅한 변명을 찾아내지 못했다. 결국 나는 잔디 위에 발을 디디지 못하고 아스팔트 위를 내달렸다. 그래, 지금 내게 허락된 길은 이것뿐이다. 이렇게 고단하고 팍팍한 길을 달리는 것, 그게 나의 운명인가 보다. 그렇게 나는 달리고 달려 지친 몸을 이끌고 집으로 돌아왔다.

이별이라는 것이, 혹은 이혼이라는 것이 이런 느낌일까? 서로 의견의 합일점을 찾지 못하고, 서로에게 엄청난 상처가 될 줄 알면서도 어쩔 수 없이 선택할 수밖에 없는 결론. 이별…. 얼마나 큰 자괴감이 엄습해올까? 내가 이만큼밖에 안 되는 인간이었구나! 나라는 사람이 이렇게 좁고 모자란 사람이었구나 하는 것을 인정해야만 하는 상황.

비틀즈의 명곡 〈Let it be〉가 생각났다. 때로는 내 생각과 다른 것, 분명 아니라고 생각되는 상황에 대해서 당장 개선하고 뜯어 고치겠다는 생각보단 좀 더 시간이 흘러 자연스럽게 서서히 변화하도록 그냥 놔두는 것, 그것도 삶을 살아가는 지혜가 아니었을까?

'What'이 아니라 'How'를
고민해야 할 시점

　'어떤 의사의 삶을 살 것이냐'의 기로에 서는 것은 과를 선택하는 순간
이다. 선택은 인턴 생활에서 경험한 것들이 바탕이 되곤 한다.

　내과 인턴을 돌던 어느 날이었다. 병동에 응급 환자가 생겼다. 황달기
가 심하고 기력이 없어 보이는 환자였다. 환자의 혈액은 유난히 검붉고
끈끈했다. 환자의 상태는 안정적으로 보였으나, 말로 설명할 수 없는 짓
눌림과 무거움이 병실을 맴돌았다. 순간 나의 기(氣)가 다 빠져나가는 느
낌이었다. 특별히 다른 환자와 다른 심각한 상태가 아니었는데 이유 없이
나의 기운을 환자에게 빼앗기는 느낌이었다. 숨이 막혔다. 견딜 수 없는
공포가 엄습했다. 두려웠다.

만성 환자를 보면서 그들의 별로 다르지 않은 어제와 오늘 모습들에 좌절해야 했다. 정신과 병동의 그 귀엽고 순수한 아이들이 멀쩡하게 환히 웃는 모습으로 퇴원했다가 한 달도 안 되어 다시 발작을 하며 병동으로 돌아오는 순간, '더 이상 무엇을 해줄 수 있을까' 하는 의문이 들었다. 재활의학과 환자들, 엄청난 재해로 예전 자신의 모습과 기능을 되찾을 수 없는 절망적인 상황. 그럼에도 불구하고 왜 살아야 하는지 난 설득할 자신이 없었다.

세포를 보고 싶었다. 눈으로 확인할 수 있는 가장 작은 단위까지 가서 그 세포에서 일어나는 현상들을 보고 싶었다. 그리고 거기서 근원적인 물음에 대한 답을 찾을 수 있기를 기대했다. 하지만 현실은 만만치 않았다.

파트리크 쥐스킨트의 소설 《콘트라베이스》가 생각난다. 우리가 속한 사회에는 메이저 리그(Major League)와 마이너 리그(Minor League)가 있다. 개인적으로 볼 때 사람들은 누구나 한 번쯤 콘체르트의 솔로를 원할 것이다. 그러나 솔로는 한 사람이 할 역할이다. 이를 위해 다수에게는 저마다의 임무가 주어진다.

내가 속해 있는 의료계도 오케스트라와 마찬가지다. 우리 몸을 이루고 있는 다양한 장기가 있듯이 저마다 맡은 영역이 다른 과들이 있다. 많은 경우, 이들 과들은 서로 연관을 맺고 환자를 보게 된다. 의료 행위에 있어서 그 어느 단계도 마이너한 부분은 있을 수 없다. 순간적 방심이, 단 한 사람의 실수가 한 생명을 앗아갈 수 있다. 따라서 그 어느 단계도, 그 어느 누구의 손을 거치는 단계에서도 마이너란 있을 수 없는 것이다. 따라서 세상이 마이너로 인식하고 있는 그 어떤 일이라도 우리는 메이저처럼 해야 한다. 그것이 프로의 자세다. 중요한 것은 무엇을 하느냐(what)가 아니라, 어떻게 하느냐(how)인 것이다.

어스름을 가르며 달려오는 119 사이렌 소리와 함께 응급실의 하루는 숨 가쁘게 시작된다. 인생의 막장 드라마 같은 온갖 삶의 진상들이 드라마처럼 펼쳐지는 곳. 마약을 달라고 위협하는 조폭, 도무지 어떤 관계인지 이해할 수 없는 두 불륜 남녀, 심장 전기충격기로 멈춰버린 심장의 EKG가 삶과 죽음을 넘나드는 긴박한 순간, 교통사고로 다리가 절단된 환자가 부르짖는 아우성….

어느 날 병동으로부터 미리 연락이 온 후 응급실에 어느 산모가 도착했다. 분위기가 심상치 않다. 선천성 매독(syphilis)을 가진 아기, 슬픈 숙명의 아이를 안고 등장한 그녀는 한눈에 봐도 평범하지 않은 고급스런 인텔리 여성이었다. 인상이 영화 〈닥터 지바고〉의 여주인공 라라 역을 맡은 배우 같았다. 약간 허무주의적인 끝이 약간 처진 입술, 모든 고통스러운

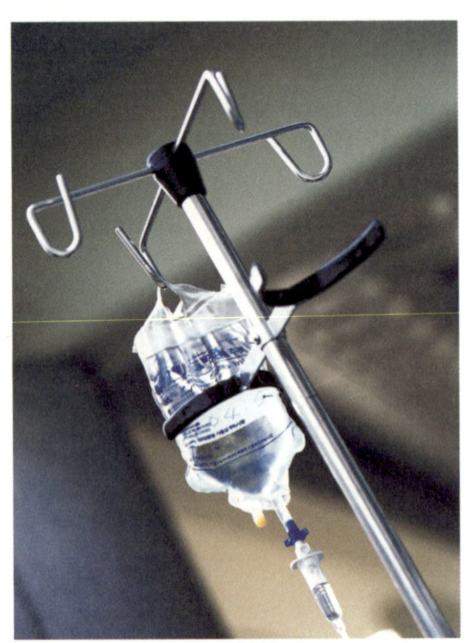

상황을 인내해 내려는 결연한 의지로 무장된 무표정한 얼굴, 그리고 따라 들어온 보호자 남편. 그녀보다 약간 나이가 어려 보이는 재혼 남편은 이 일에 대한 여자의 소용돌이 속 과거와 고통을 완전히 포용하기엔 왠지 모자라는 것 같은 인상이었다. 몇 가지 간단한 검사 후 그들은 곧 응급실에서 병동으로 옮겨졌다.

사람이 살다 보면 거부할 수 없는 숙명의 힘을 느낄 때가 있다. 내가 쫓는다고 얻을 수 있는 것도 아니고, 두려워한다고 피할 수도 없다. 그러한 숙명에 대한 인간의 저항이 때로는 막장 인생을 만들게 된다. 생각해 보면 인생 뭐 없다. 지금 살아 숨 쉬고 있는 나, 나의 사랑하는 가족, 사지가 멀쩡히 정상인으로 살아갈 수 있는 삶에 그저 무한한 감사를 드릴 뿐이다. 때론 그 허무함에 피식 웃을 수밖에 없지만….

　부검은 병리과 전문의가 되기 위해 필수적으로 이수해야 하는 과정이다. 필자도 레지던트 수련을 하는 과정에서 수차례의 부검을 경험했다.

　먼저 사체가 준비되면 연락을 받는다. 부검실에 들어가기 전에 잠깐 바람을 쐰다. 차트에 시신에 대한 기록들을 검토한다. 매스로 복부에 절개선을 만든다. 피부와 피하지방, 그리고 복부 근육층과 장간막을 한번에 벗겨낸다. 복강 내 장기들과 흉곽(rib cage)으로 싸인 흉강의 일부가 노출된다. 립 커터(rib cutter: 늑골을 자르는 톱)로 늑골과 쇄골을 절개하여 흉강을 연다. 각종 장기들을 하나씩 발라낸다.

악취가 진동한다. 인체가 부패하고 썩으면서 나는 냄새… 도스토예프스키의 작품 《카라마조프가의 형제들》에는 너무나도 성스러운 수도원장으로 존경받는 인물이 죽으면 사리가 나온다는 전설을 믿고 사람들은 수도원장의 임종을 기대에 차 모두 지켜보았다. 하지만 사리는 나오지 않았다. 과학적으로 얘기해서 인체는 인격과는 무관하다. 죽으면 다 부패하고 화장하면 한 줌의 흙이 될 수밖에 없는 것이 인간이라는 존재이다. 인간의 한계, 그 어느 누구도 이 한계를 극복할 수는 없다.

의대 과정을 밟는 과정에서 시체를 해부하기도 하고 무균 상태의 수술실에서 환자 내부 장기를 갈라보기도 한다. 신이 만들어 놓은 가장 위대한 창조물. 그 신비로움과 섬세함, 복잡함은 도저히 과학적으로 설명이 불가능하다. 이렇게 복잡한 인체라는 생명체의 어느 한 부분에 오작동이 발생해도 인간의 생명은 어떻게 될지 알 수 없다. 이 오작동을 바로 잡기 위해서, 때로는 불가피하게 조물주가 만들어 놓은 이 신비로운 인체의 질서를 바꾸어 놓아야 할 때가 있다.

오늘날처럼 고령화가 더욱 확장되고 있는 것도 질서를 바꾸어 가는 일일지도 모른다. 인간의 한계에 대한 무모한 도전은 없는지, 과욕과 탐욕은 없는지 우리는 겸허한 자세로 우리에게 주어진 인생을 마주해야 할 것이다. 끊임없는 유혹으로부터 스스로를 정화하지 않으면 안 된다. 기적을 봐야 믿고 그 의미를 숭배하는 관점은 사실 위험한 발상이다. 탄생과 죽음 앞에서 모든 인간은 공평하다.

　프로가 된다는 것, 눈빛만 봐도 사람의 속이 보이는 것처럼, 수많은 환자의 조직을 검사하다 보면 조직을 검사하는 병리 의사는 한눈에 직감적으로 환자의 조직 상태를 볼 수 있는 직관이 생긴다. 그래서 더욱 일의 속도와 정확성이 높아진다. 하지만 그런 가운데 우리의 생각과 판단은 고착되고 더 이상 새로운 것을 찾고 탐구하려는 자세는 멈춰버릴 수 있다. 환자의 조직은 사람의 생김새가 다르고 환자의 반응이 저마다 차이가 있는 것처럼 개개인의 특성이 반영될 수 있다. "정상(normal)이 아닌 것에 대한 집요한 의문과 탐구" 정신이 필요하다. 우리는 초심을 잃지 말아야 한다는 말을 많이 듣는다.

　human 조직의 모습을 현미경으로 들여다본다는 것이 얼마나 신기한지 모른다. 우리가 눈으로 확인할 수 있는 가장 정밀한 단위, 세포. 그것을

눈으로 확인하고 환자의 세포의 상태를 보고 확인하는 일, 그것이 바로 병리(pathology)이다.

4년간의 레지던트 과정을 마치면 전문의 자격증을 따는 시험을 거치게 된다. 거의 모든 의사가 이 시험을 합격하지만, 결코 만만하게 볼 수 없는 시험. 왜냐하면 꼭 떨어지는 사람이 있기 때문에, 대다수의 의사에게는 마지막 인생을 건 시험이 되기도 한다. 이렇게 전문의 자격증을 취득하고 나면 자신의 이름을 걸고 환자의 진료에 참여하게 된다. 예를 들면 병리과 전문의로서 자신의 진단에 스스로 책임을 지게 된다. 오진이 있어 큰 문제가 될 경우는 그에 대한 책임이 따르게 된다.

대개 fellow, 혹은 임상강사의 과정을 통해 보다 많은 다양한 환자를 경험하고 전문의로서 고난이도의 문제 해결의 능력을 배양하고자 큰 기관에서 수련을 연장하는 과정을 거치게 된다. 해마다 3월이면 새로운 인턴, 레지던트, 펠로우들로 인적 구성원들이 재배치된다. 초긴장 상태에서 병원의 일들이 빠듯하게 돌아간다. 모교를 떠나 처음으로 우리나라 환자의 상당수가 거쳐 가는 병원에서 fellow 과정을 하게 되었다. 처음 보는 희귀한 질환들도 있고 교수님마다 세분화된 진료 영역에 따라 병리과에도 보다 세밀하고 정밀한 검사 요구가 들어온다. 밤낮을 가리지 않는 외과 선생님이 계실 경우 응급동결절편이 늦은 시간에도 진행된다.

그 날은 프로즌 듀티였다. 수백 건의 수술이 진행되는 무수히 많은 수술 방으로부터 응급 조직검사 의뢰가 들어온다. 대부분 보낸 조직은 수술 절제 margin(수술 절제 시 절제 번연부)이거나 악성을 의심하는 부위를 확인하기 위해 보내진다. 혹은 간 이식을 위한 기증자의 간 상태를 확인하기 위해 간 조직의 생검 조직이 보내지기도 한다. 모든 것을 의심의 눈초리로 관찰할 필요가 있다. 문제가 있는 기증자의 간으로 이식을 진행할 경우에는 거부반응으로 환자 상태가 안 좋아질 수 있다. 아무리 성공적으로 이식이 진행되어도 여러 여건에 따라 환자의 상태는 다양하게 나타날 수 있다. 따라서 밤낮으로 긴장을 늦출 수 없는 이식 거부와의 전쟁이 시작된다. 때로는 새내기 눈의 순수함 때문에 프로가 눈여겨보지 않는 미세한 부분에도 의심을 갖게 되는 경우가 있다.

그 날 기증자의 간 생검 조직은 전에 봤던 것과는 달리 상태가 좋지 않아 보였다. Fellow 초자가 외과 수술실에 전화해서 다 준비된 간 이식의 수술 진행에 안티를 건다는 것은 그 모든 상황에 책임을 져야 할지도 모르는 일이다. 하지만 난 앞뒤를 생각할 겨를이 없었다. 보이는 대로 정상과 달라 보이는 부분들을 모두 보고(notify)했다. 그 이후 끊임없이 쏟아져 오는 다른 수술방 검체들을 검사하며 하루가 정신없이 지나갔다.

다음 날 수술 방에는 두 분의 외과 교수님이 와 계셨다. 어제 간 기증자의 조직 소견을 함께 보고 싶어 응급동결절편실로 들르신 것이다. 긴장되었다. 혹시 내가 잘못 본 것이면 어쩌나, 환자 이식은 다시 날을 잡아 할 수도 있지만, 그 모든 준비를 다시 해야 하는 번거로움을 감수해야 한다. 모든 스케줄을 조정해야 하고 수많은 관련 인원들이 이 모든 것을 감당해야 하는 것이다. 도대체 왜 여기까지 찾아오신 걸까? 하지만 교수님은 이 모든 상황에 대해 관대한 자세로 충분히 나쁠 가능성이 있어 이식을 중단했다고, 앞으로도 잘 봐달라고 부탁을 하셨다. 그리고 조직 소견에 대한 설명을 듣고 싶다고 하셨다. 내심 긴장되고 머릿속은 횡설수설이었지만, 나름대로 논리를 세워가며 단호한 척 설명 드렸던 것 같다. 집도의 교수님께서는 같이 오신 부교수님께 "설명 잘 알아들었냐"고 농담을 하셨다. 차마 웃지 못할 상황이었다.

　너무나도 많은 사람들이 한 팀이 되어 한 명의 환자를 살려야 하는 대수술, 거기에는 단 한 사람의 오차도 용납되지 않는다. 우리가 익숙하다고 생각하는, 아무것도 아니라고 간과할 수 있는 모든 것들을 확인해야 한다. 수술의 모든 단계와 과정 하나하나가 환자의 생명이 걸려있는 절박한 상황이라는 것을 인지하면서 매 순간 실수 없이 팀원 모두가 역할을 다해 낼 때 환자의 건강은 보장된다.

　최고 권위자인 집도의 교수님의 여유로움과 모든 것을 감당해 낼 수 있는 자신감, 그리고 이 같은 자신감에서 나올 수 있는 관용에 절로 고개가 숙여졌다.

　다양한 환자를 보다 보면 의학적 지식의 테두리를 넘어서는 희귀한 환자들을 경험하는 경우가 종종 있다. 이렇게 교과서에도 나오지 않고, 여러 가지 검사를 해 보고 치료 방법을 동원해 봐도 증상이 호전되지 않는 경우, 이런 질환을 "괴질"이라고 한다. 이럴 때를 위해 의사들은 일정 시간을 정해 두고, 해결되지 않는 괴질들을 모아 모든 의사들이 함께 모여 서로 상의하는 시간을 갖는다. 이것을 "컨퍼런스"라고 한다. 컨퍼런스는 당장 환자의 치료를 위한 대책을 찾기 위해 수시로 모이는 컨퍼런스도 있고 환자의 응급 상황은 넘겼으나, 교훈적인 경험이 될 만한 증례들을 되짚어 보기 위한 컨퍼런스도 있다.

　레지던트 수련 과정 때부터 의사 생활을 하는 내내 컨퍼런스는 환자를 보기 위한 교육의 시간으로써 중요하다.

그날 컨퍼런스에서 논의되어야 할 문제의 환자 증례 리스트를 보고 중요 슬라이드를 정리한 후 자리를 잡았다. 각 과의 레지던트들과 학생들이 자리를 매운 후, 교수님들이 테이블을 둘러싼 앞자리에 앉으신다. 병동 일 뒤처리를 마치고 헐레벌떡 들어온 주치의 레지던트들이 더 이상 끼어들 틈 없이 꽉 찬 회의실에 빈틈을 비집고 들어와 자리를 잡는다. 이어 불이 꺼지고 빔 프로젝트로 슬라이드를 비추며 환자의 브리핑을 시작한다. 때로는 환자의 치료를 놓고 내과계와 외과계 의사들의 첨예한 의견 대립도 있다. 논의가 뜨거워지면서, 영상의학 소견 및 병리 소견들에 대한 프레젠테이션이 이어진다. 다시 한 번 열띤 토론이 벌어진다. 주치의 레지던트에게 환자의 progress(경과)에 대한 질문 공세가 이어지고, 증례를 제출한 의사가 discussion point를 정리한다. 이와 비슷한 희귀 증례를 경험한 교수님들의 코멘트, 증례보고가 된 해외 사례 등이 논의된다. 결론적으로 다음 단계에 이어져야 하는 최선의 치료 대책이 세워진다. 학생 및 레지던트의 질문을 받는다. 일련의 과정들이 생방송처럼 진행된다.

때로는 양보할 수 없는 의견의 충돌들이, 치료가 그 방향으로 이어질 수밖에 없는 증거와 필연으로 하나씩 다듬어진다. 환자에 대한 고민이 보다 더 진하게 녹아 나오는 의사의 판단을 중심으로 컨퍼런스의 결론은 점점 모아지고, 방향이 보이기 시작한다. 컨퍼런스를 통해 난감한 환자의 치료에 대해 혹은 증상이 악화를 거듭하는 원인 모를 질환에 대해 의사들 서로에 대한 질타와 추궁이 하나씩 긍정의 방향을 찾고 서로에 대한 신뢰와 존중으로 마무리가 된다.

협진, 협업이 이뤄지는 상태가 병원 경쟁력 평가의 한 요소라는 것을 작년 경영 진단 때 알게 됐다. 한 명의 환자를 위해 각 과의 모든 의사들이

머리를 모아 정확한 진단과 왜 다른 환자들처럼 약물에 반응이 없는지, 그렇다면 다음 치료 대책이 무엇인지를 의논하고 대책을 세우는 과정, 이것은 사실 놀라운 시너지 효과를 갖게 된다. 그러나 우리나라의 의료 현실에서 이런 협진 협업은 현실적으로 불가능하다는 것이 의료계의 입장이다. 각 과의 많은 의사들은 자신들에게 할당된 외래 시간 및 진료 행위를 감당해야 한다. 이렇게 정신없이 돌아가는 빠듯한 진료 상황에서 의사들이 한자리에 모여 한 명의 환자를 보는 진료 체계는 사실상 현실 불가능한 일일 수 있다. 물론 환자는 최상의 진료를 받게 될 것이다.

세계 여러 국가들과 비교해 볼 때 우리나라의 의료 상황은 양호한 편이다. 의료비 대비 상당히 높은 수준의 의료 서비스를 제공받고 있는 현실을 감안해 볼 때 앞으로 건강보험의 사각지대인 중증 암과 4대 만성 질환에 대한 의료비 지원이 해결된다면 대한민국은 가히 의료 천국이라 할 만하다. 건강보험에서 이미 환자들의 보험 처리를 상당 부분 감당하고 있기 때문에 실제로 환자가 부담하는 의료비에 대해 아마 지금쯤 우리 국민들은 큰 불만이 없을 것이다. 오히려 생각보다 진료비가 적게 나와 당황했다는 사례들을 종종 보게 된다. 외국에 사는 교포들도 방학을 이용해 최고의 기술과 최저의 진료비를 활용하고자 한국을 찾는다. 이런 상황에 대해서 건강보험료를 내는 국민들의 부담도 있지만, 균등 분배를 하려는 정책과 의료계의 노력도 분명 뒷받침이 되었을 것이다. 또한 의료의 눈부신 발전으로 인해 이제 암은 더 이상 불치병도 아니고, 치료 후 삶의 질 관리 차원에서 환자에게 접근하는 의료 산업이 발전하고 있다(우리나라의 보건 정책상 의료비는 파이를 각 과가 쪼개어 갖는 형태이기 때문에 의사들은 과마다 저들의 진료비를 위해 싸워야 하는 실정이다).

돌이켜 보면 의료계의 협진의 한 예로서 하루에도 수십 가지의 컨퍼런스가 하루도 빠짐없이 진행되고 있다. 환자를 앞에 두고 대진하는 것은 아니지만, 각 과의 의사들이 모여서 영상의학 소견 병리 소견, 핵의학 소견, 내과적, 외과적, 등등의 소견들을 서로 한자리에서 보고 얘기하면서 논의한다. 그 과정을 경험하면서 참 많은 것을 배웠다.

처음 fellow를 할 당시 예전에 했던 컨퍼런스 증례들을 미리 찾아서 예습을 해보기로 했다. 무엇이든지 언제든지 궁금한 것을 물어보라고 해주셨던 지도 교수님. 선생님의 지식과 철학까지 아낌없이 쏟아부어 주셨던 선생님 덕에 나의 수많은 궁금증과 고민이 해결되었다. 지금은 안타깝게도 자주 뵙고 있지 못하고 있지만, 문득 그 당시 선생님께 드렸던 말씀이 떠오른다. "선생님은 저의 등불이십니다. 그래서 저는 더 이상 불안하지 않습니다." 돌이켜 보면 직접 간접으로 많은 격려와 관심을 주셨던 많은 선생님들께 진심으로 감사드린다.

　자신의 무대를 세계로 넓히는 것은 참으로 멋진 일이다. 젊음의 특권이라고도 말할 수 있다. 나는 해외 유학을 하지는 않았다. 하지만 30대에 누려 볼 수 있는 최대한의 도전을 해본 것 같다. 새로운 곳에서 훌륭한 인적 자원, 학생 혹은 젊은 재원을 신뢰, 존중하는 분위기, 풍요로운 학구적 분위기 등을 느끼고 배울 수 있었다. 스승이 제자에게 보여주는 존중과 신뢰, 그리고 각별한 애정 등이 감동적이었다. '백문이 불여일견' 이라고 가서 부딪치고 경험해 보는 것의 의미는 크다.

　하지만 계획 없이 외국을 나가거나 경험 삼아 새로운 일터를 찾아가는 것은 무모한 모험일 뿐이다. 세상은 녹록지 않다. 인생에 연습은 없다. 어떤 예기치 못한 문제가 발생할 수 있는지, 어떤 마음가짐과 대비책이 필요한지 자세하고 확실한 답안들을 마음속에 무장하고 출발해야 했다. 그 어떤 사회도 그렇게 호락호락하지 않다. 내가 원하는 것을 얻어 내기 위해서는 전혀 예기치 못했던 장애를 극복해야 한다. 도전해 보기 전에는 왜 그것이 그렇게 도전해볼 가치가 있는지 모른다. 얼마나 길이 험난한지 겪어봐야 아는 것이다.

트위터에서 이런 말을 읽은 적이 있다.

"스티브 잡스 예찬만 할 것이 아니라, 잡스를 탄생시킨 사회적 구조를 예찬하고 닮아보라."

우리가 보다 앞서가는 사회에서 배워야 할 것은 단순히 내 전문 분야와 연관된 지식뿐이 아니라, 그 사회의 분위기와 문화, 인재를 사랑하고 기꺼이 키워줄 수 있는 인격, 그것이 더욱 소중한 가치가 아닐까? 예전에 인터넷에서 김웅용 씨의 기사를 읽은 기억이 난다. IQ210, 천재 김웅용, 그는 세계에서 가장 똑똑한 10인의 한 사람으로 주변을 놀라게 하고, 만 8세의 나이에 미국으로 유학을 가서 석박사를 마친 후 미국 항공우주국 NASA의 연구원으로 일했다. 하지만 이국땅에서의 빡빡한 연구원 생활을 그만두고 평범한 삶을 찾아 한국으로 돌아왔다. 그 당시 돌아온 김웅용 씨에게 우리 한국 사회는 다소 냉혹했던 것 같다. "과연 천재가 맞냐는 둥, 측정이 잘못된 것 아니냐, 실패한 천재…" 본인은 행복하게 평범한 인생을 살고 있다지만, 우리가 인재를 대하는 태도에 대해서는 다시 한 번 생각해 볼 문제라고 생각된다. 한국인 어린이가 미국이라는 나라에 가서 경쟁하여 성공을 한다는 것이 과연 가능한 일이었을까? 우리나라에 인재가 없는 게 아니라 인재를 키울 생각이 없는 것은 아닐까?

사실 우리나라에서 한 개인의 강자 독식은 위험하다. 우리의 상황이 그것을 막아야 하는지도 모른다. 하지만 자신의 능력을 발휘하고 싶고 이

Beautiful Bqt.
$12 99
a bunch

사회에 보탬이 되고 싶은 것은 누구나의 소망일 것이다. 활용할 수 있다면 개인의 능력을 키워주고 적극 활용하는 것, 그것은 또 새로운 가치를 만들고 희망을 줄 수 있는 일이 아닐까?

젊음의 도전은 무모할 수도 있고, 그래서 실패할 수도 있다. 그러나 언제든 다시 일어설 수 있는 기회가 주어져야 한다. 우리나라는 이러한 부분에서 다소 취약하다. 미국은 대학 입학에서 실패하면 대학원 혹은 박사 과정에서 다시 기회를 잡을 수 있고, 첫 번째 직장에서 실패하면 또 다시 얼마든지 새로운 직장에서 새롭게 출발할 수 있다. 하지만 우리나라는 한 번 정해진 진로가 좀처럼 바뀌지 않는다. 학벌이 평생을 좌우하고 단 한 번의 실수가 회복되기 힘든 사회… 언제든지 새롭게 시작하고 도약할 수 있는 기회를 잡을 수 있는 사회, 그리고 방향을 찾고자 다시 일어서고자 하는 젊은이들에게 관용과 용기를 주는 시선 등이 필요할 것이다. 또한 이제 더 이상 외국 유학이라는 간판이 있어야만 인정을 해주는 사고 역시 맞지 않는 것 같다. 오히려 외국으로부터 대한민국의 유학 경험을 인정받는 나라가 되어야 할 것이다.

예전에 어느 교수님께서 이미 내 나이 서른에 해주셨던 말씀이 문득 떠오른다.

"늦게 핀 꽃이 더 아름답다."

그 나이에서조차 수많은 시행착오가 있었지만, 그러한 용기와 격려를 주셨던 선생님께 감사드리고 나 역시 누군가에게 그런 용기를 줄 수 있는 사람이 되고 싶다.

  모든 것을 새롭게 하고 새로운 마음가짐을 다지는 새해. 나는 집 단장부터 시작하리라 마음먹었다.

  집에 오래된 조화가 담긴 꽃병과 장식용 바구니가 있었다. 꽃병은 수년 전 건축박람회에 가서 홍보용 세일 상품을 산 것이다. 장식용 바구니는 나름 맘먹고 구입한 것이었는데, 투박한 꽃병에 화려함을 넘어 야하기까지 해 보이는 조화도 그렇거니와 부분적으로 찌그러져 더 이상 참고 볼수 없었다. 아파트 분리수거장에 가져가려니 나름 부피도 크고 날도 춥다. 그냥 버리기보단 재활용을 해야겠다는 생각이 들었다. 갑자기 여기꽂힌 꽃들을 뽑아서 다시 꽃꽂이를 해 보면 어떨까? 역시 좋은 생각이다 ~~ㅋ

  낡은 꽃병에서 하나하나 분리해 본 조화가 나름 참 진실되어 보였다.

종이 재질이 좋아서 조화인지 생화인지 구분이 어려운 꽃도 많았다. 해바라기 꽃과 잎사귀들은 자기 꽃병에 꽂았다. 조화의 한계가 있긴 하지만. '해바라기' 하면 고흐의 〈해바라기〉가 떠올라 기분이 좋아진다. 완전 만개한 흑장미와 백장미들은 나누어 집에 놔둔 각종 커피 및 주스 병에 꽃꽂이를 했다. 꽃꽂이는 참 재미있는 작업이다. 그런데 생생함을 갖춘 조화의 꽃잎 한 장 한 장들은 어찌나 날카로운지, 꽃꽂이 도중에 아주 작은 꽃잎 파편들이 몇 개 떨어져 나온다. 조화 두 송이조차 서로 어울리게 하기 위해 이렇게 다른 꽃의 꽃잎을 찢어 놓는다. 이처럼 사람들이 모여 아웅다웅하는 이 사회에서 서로를 밟고 올라가는 삭막함은 어쩌면 당연한 것인지 모른다. 유난히 사람에 대한 상처가 많은 나는 조화로 꽃꽂이를 하면서도 삭막한 사회를 이해해 보려고 노력한다.

조화들을 대충 네 개의 꽃병에 분리했다. 그리고 거실, 현관, 화장대, 책상에 두었다. 다음 날 생활용품 매장 코즈니(Kosney)에 가서 부족한 녹색 잎사귀들을 몇 묶음 더 사서 빨강, 하양에 녹색을 추가했다. 나름 구상한 꽃꽂이가 구색을 갖추어 갔다. 화장대의 꽃병은 특히 신경을 써야 할 마지막 화룡점정의 단계다. 나는 오래된 흑장미 대신할 크리스마스로즈라는 꽃을 강남 고속터미널 꽃시장을 수 바퀴 돌고 돌아 한 다발 샀다. 그리고 아기자기한 꽃병에 이 꽃다발과 잎사귀들을 꽂아 장식했다. 마지막 화장대 장식을 마치고 뿌듯한 마음으로 어스름한 달빛에 살포시 보이는 빨간 정열의 수줍은 꽃망울을 보며 잠들었다.

그런데 다음 날 아침 세수를 하고 화장대 앞에 앉은 나는 이상한 느낌이 들었다. 새로 장식한 크리스마스로즈가 세수를 하고 화장대 앞에 앉은 나를 놀리는 것 같다. 미완성이었던 어제는 몰랐는데, 완성을 하고 나니 왜 이렇게 부담스러울까? 나와 아무 상관없는 꽃 앞에서 참 어이없는 자격지심을 느꼈다. 꽃은 꽃일 뿐인데 왜 나의 생얼굴을 보고 꽃이 비웃는다는 생각이 드는 걸까? 도무지 스스로도 이해가 안 되는 심리였다. 이런 감정을 나만 느끼는 걸까? 우리는 많은 사람들이 모여 사는 사회 속에서 이유 없이 누군가 앞에서 주눅 들고 누군가를 시기 질투한다. 약간은 촌스럽지만 익숙했던 꽃 대신 새로운 예쁜 꽃으로 장식된 화장대 앞에서 난 어처구니없는 감정을 느낀 것이다. 그것도 내가 애써 골라 마련한 꽃꽂이를 보면서 말이다. 이렇게도 어리석은 미묘한 감정을 사실 자주 느낄 수 있다. 너무 잘난 사람, 완벽한 사람에 대한 묘한 반항심과 불안감을 느끼는 것, 그건 당연한 걸까? 우리가 100%보다 때로는 80%가 더 아름답게 느끼는 것도 이런 이유일까? 내가 80%여서…?

화개장터가 연상되는 추석 전 시청 앞 장터 모습은 참 진풍경이다. 늦여름 휴가철 서울을 찾은 외국인들이 드물지 않게 눈에 띄는 시청역 광장엔 베개, 지갑부터 각종 웰빙 토산품, 견과류, 고추장, 된장, 막장에 이어 한우로 끝나는 긴긴 원형 장터가 한창 선을 보이고 있다.

따갑게 내리쬐는 가을 햇살 아래 자연의 에너지가 아직 고스란히 묻어 있는 자연산물이 마치 바디빌딩을 한 육체들이 선을 보이듯 그 위용을 자랑하고 있다. 흙이 덕지덕지 묻어 있는 투박한 홍삼, 산양삼, 더덕 등은 평상시에는 볼 수 없던 굵직굵직하고 울퉁불퉁한 모양이다. 그 자체만으로도 보는 이에게 에너지를 준다. 자연산! 이래서 자연산이 좋은 것이다.

　도심 한복판에서 벌어진 장터가 강남 중심가에서는 맛볼 수 없는 친근함으로 사람들의 관심을 끌며 북적이고 있다. 주변에 있는 분수대에서 물장난을 하는 아이들, 신기한 얼굴로 장터의 물건들을 구경하는 외국인들, 정말 여기가 서울 시청 앞 한복판이 맞나 싶은 광경이다.

　흙 냄새, 산삼 냄새, 약초 냄새, 나물 냄새, 사람 냄새, 북적이는 장터에서 느껴지는 인간적 에너지. 현대사회에서 사람에게서 얻는 에너지, 자연이 주는 에너지를 새삼 느낄 수 있는 곳. 문명과 자연의 조화랄까? 아무튼 시각, 촉각으로 느껴지는 모처럼의 자연의 강렬함 속에서 9월 첫날 초가을의 정취를 물씬 느낄 수 있는 오후였다.

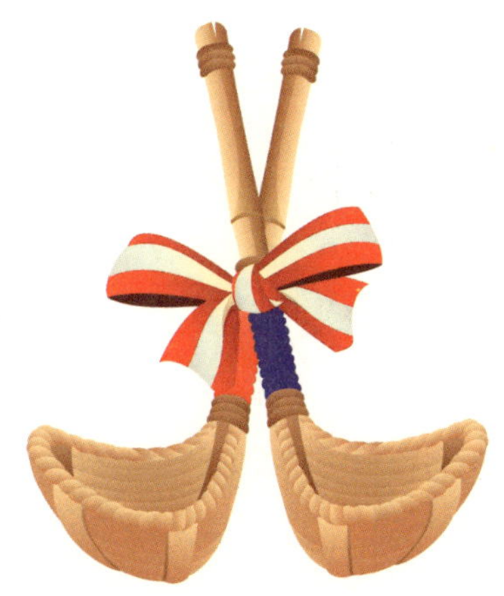

역사적으로 외침이 잦았던 우리나라는 저장 음식이 발달했으며 한민족만의 독특한 음식 문화가 자리잡게 되었다. 김치의 신비로운 맛은 갖은 양념과 젓갈이 버무러져 절여지고 시간이 지나면서 변화되어 만들어진다. 마치 사계절 변화가 뚜렷하듯이 김치는 발효되고 익어감에 따라 그때그때 독특한 맛으로 우리의 속을 개운하게 해준다.

파김치와 묵은지가 내는 독특한 맛을 한국인들은 얼마나 사랑하는가? 필자 역시 묵은지가 며칠이고 눈앞에 아른거리던 때가 있었다. 풀이 팍 죽은 파김치와 완전히 누워버린 것 같은 묵은지, 이들이 내는 그 맛. 푸릇푸릇하고 생생했던 파 혹은 배추에 양념이 완전히 스며들어, 예전의 모습은 온데간데없고, 양념에 푹 젖어버린 그 맛. "사람도 익어야 제맛"이라는 말도 이래서 나온 것 아닐까?

한국의 음식은 찌개가 많다. 된장찌개, 김치찌개, 부대찌개… 온갖 재료가 다 들어가고 이것을 품은 육수 혹은 멸치 국물, 그리고 여기에 더해지는 갖은 양념. 동질감과 일체감을 최우선으로 생각하는 한국의 정서와 왠지 일맥상통한다.

또한 동치미의 개운한 맛, 그 싸한 맛은 느끼한 서양 음식과는 차원이 다르다. 한국 사회에서 느끼한 사람보다는 담백한 느낌의 소유자가 좀 더 호감과 각광을 받는 것은 아닌지?

필자의 식성이 처음부터 한국 음식을 좋아했던 것은 아니다. 대개 그러하듯이 어렸을 때는 햄버거나 인스턴트 음식을 좋아했다. 그러나 나이가 들면서, 특히 인턴 생활을 하면서 응급실에서 밤을 꼴딱 새고 나면서부터 식성이 변화됐다. 궁금한 것은 이렇게 입맛이 변하는 것은 나의 뿌리가 한국 사람이기 때문인 것인지, 아니면 노화에 따라 생리적으로 한국 음식이 선호되는 것인지이다. 서양인들에게 김치나 만두는 사랑받는 한국 음식이다. 아마도 그들이 한국에 살게 되면 자연스레 한국 음식을 햄버거보다 더 선호하게 되리라고 생각한다. 서양인들, 특히 성인들이 한국 음식에 호감을 갖는 이유가 '한국'이라는 환경 때문인지, 자연적인 생리적 욕구 때문인지는 잘 모르겠다. 하지만 분명한 것은 환경적인 것 이전에 생리적인 요인이 더 강하다는 것이다. 즉, 외국인들도 한국 요리의 맛을 알고 인정하게 되면, 그들 또한 생리적으로 서양 음식보다 한국 음식을 선호하게 될 수밖에 없다는 것이다. 왜냐하면 그만큼 한국 음식이 건강에 좋고 소화도 잘되고 나이가 들수록 입맛에도 맞기 때문이다. 따라서 한국의 요리, 발효 음식은 앞으로 세계에서 경쟁력을 갖고 발전해 나갈 것으로 전망된다. 요리의 한류 시대가 기대된다.

2013년 흑사해를 맞이하여 재생과 영생을 꿈꾸며 계사년의 첫 달을 보내고 계신지요? 2012년을 보내면서 지난 한 해는 어떠했나, 그동안 살아온 인생은 어떠했나? 한번쯤 되돌아 보셨을 겁니다. 이처럼 자기 자신 스스로를 돌아볼 때도 있지만, 사회에 속해 있는 우리는 때로는 남으로부터 냉정한 평가를 피할 수 없는 경우가 종종 있습니다. 얼마 전 저는 본의 아니게 의료계를 평가하는 일에 참여한 경험이 있습니다. 전문성에 인생을 걸고 사는 사람들은 누군가가 자신을 평가한다면 순간적으로 당황하는 반응을 보이게 됩니다. "무슨 방법으로? 제대로 된 평가의 기준은 있는가?"

개인 입장에서 볼 때 평가를 받는다는 것은 굴욕적인 느낌이 들 수 있습니다. 하지만 조직에서 평가의 과정은 필수입니다. 보다 높은 수익성과 생산성, 남보다 훌륭하다는 인정을 받기 위한 경쟁 속에서 평가의 잣대는 차갑고 날카롭게 개개인의 숨통을 조입니다. 우리나라 국민 대다수가 치르게 되는 수능, 이것도 중요한 평가의 범국민적 연례행사이죠. 이 평가에서 좋은 성적을 받기 위한 조건으로 '엄마의 정보력, 할아버지의 재력, 아빠의 무관심' 이란 재미있는 말이 생긴 것을 보면 우리 국민이 얼마나 이 평가에 매달리는지를 알 수 있습니다.

실제로 우리나라에서 수능은 한 사람의 인생을 좌지우지할 만큼 큰 영향력을 갖습니다. 그렇다면 과연 이 평가 기준은 영향력만큼이나 변별력이 있는 걸까요? '평가' 라는 것은 참 어려운 일입니다. 고흐처럼 훌륭한 화가도 당대에는 예술성을 인정받지 못했습니다. 그 시대 사람들의 수준은 고흐를 이해하지 못했던 것이죠. 그러나 우리는 자의든 타의든, 혹은 의도하든 의도하지 않든 간에 끊임없는 평가 속에서 인정받고 좌절하기도 하면서 삶을 살아갑니다. 이렇게 '평가' 자체에 대한 한계에도 불구하고 우리가 평가를 지속하는 이유는 무엇일까요. 아마 우리는 평가를 통해 최소한 어제보다 나은 내일로 나아갈 수 있다고 믿기 때문일 것입니다.

평가의 방법은 한 사람 혹은 조직이 나아가야 할 방향을 제시하게 됩니다. 우리나라 대입학력고사의 과목이 바뀌면 모든 수험생뿐만 아니라 중학생들부터 입시 과목을 위한 과외나 학원 수업을 받게 됩니다. 이렇듯 평가의 방법 및 기준은 그 자체뿐만 아니라 수혜자를 움직이게 하는 원동력이 되므로 매우 중요합니다. 따라서 좋은 계획 및 성과를 평가할 수 있는 좋은 지표가 무엇일지 함께 생각해 보는 것은 2013년이 저물 무렵 좀 더 흐뭇한 마음으로 한 해를 되돌아보는 좋은 방안이 되지 않을까요?

올해는 스스로를 좀 더 객관적으로 바라볼 수 있는 한 해가 되었으면 하는 생각을 해봅니다. 그리고 우리 모두에게 소중한 한 해가, 더불어 더욱 행복한 한 해가 되었으면 합니다. 아름다운 글을 쓰고 싶었는데, 생각과는 달리 삭막한 글이 된 것 같습니다. 오늘 밤엔 삶의 아름다움을 평가할 수 있는 지표가 무엇일지 생각해 봐야겠습니다.

–2013년 1월 6일 저녁

Indian
Ocean

  우리나라의 의료 산업은 최근 눈부시게 발전했다. 진단의 정확성과 놀라운 치료 성적의 성장은 이미 세계적인 수준으로 인정받고 있다. 뿐만 아니라, 지난 10년간 기업 병원 주도하에 많은 병원이 고객 만족도 개선에 노력하고 더할 나위 없이 친절해졌다. 양질의 진료를 저렴한 의료비로 받을 수 있고, 병원의 문턱은 많이 낮아져 우리나라 국민들의 의료 수요는 날로 늘어가고 있다. 이제 당당히 의료의 한류 시대를 맞이하게 될 것이다.

  최근 의료 관광에 대한 많은 산업적 수요가 창출되고 있다. 아직은 서울이 관광 도시, 국제 도시로서의 모든 준비가 되어 있지 않아 어려움이 있겠지만, 머지않아 의료관광 산업이 활발히 이루어질 것이다. '해외 환자의 유치' 는 우리나라의 저렴한 의료 수가와 수준 높은 의료 서비스 질이 함께 좋은 궁합을 이루며 주요한 산업으로 자리 잡고 있다.

병원의 경영진단 시에 대한민국 빅5 병원 경쟁력을 분석에 참여했던 경험을 통해 우리나라 의료계의 강점과 문제점을 나름대로 분석해 보았다. 우리나라가 사회 전반에 걸쳐 IT강국으로 발돋움하고 있는 현상과는 달리 의료계 내에서의 IT는 매우 미흡한 상황이었다. 이러한 점은 우리가 의료의 글로벌(global) 시대를 맞아 반드시 생각해 봐야 할 부분이다. 국가적, 범국민적 의료 데이터의 확보와 관리는 의학의 발전을 위한 초석이 될 뿐만 아니라, 의료계의 공정한 평가를 위해서도 반드시 필요하다. 실제 의료 평가를 할 때에도 데이터의 신뢰성은 문제로 지적되었다. 국소적, 지협적, 산발적 형태로 의료 데이터가 집적되고 있지만, 국립암센터와 심평원에 환자의 암 정보는 제대로 보고가 되고 있지 않은 상태이고, 데이터의 관리를 위한 의료 예산도 없다. 대한민국의 암환자는 급증하고 있고, 매년 암으로 인한 사망률은 28.3%(통계청 「2011년 사망 원인 통계」)에 이른다. 의료의 수요는 날로 증가하고 있지만, 신뢰할 수 있는 의학 데이터와 이를 활용한 의학 통계를 기반으로 한 생존율 분석 및 병기 분류의 기준을 제시하는 것은 전혀 불가능한 상태이다. 우리나라 의료 데이터 상태가 아직 후진적이라는 사실은 향후 선진국과 글로벌 시장에서 경쟁하는 데 약점이 될 수 있다는 점에서 우려되는 부분이다.

미국의 경우, 의학 데이터를 총괄적으로 관리하고 정확성을 감사하는 기관이 있다. 미국 국립 암센터(National Cancer Institute)에서는 SEER(Surveillance Epidemiologic & End Results)라는 인터넷 웹사이트를 관리하며 미국 전역과 세계 각국의 의학 데이터까지도 관리한다. 미국 인구 80%의 의학 데이터를 한 기관의 주도하에 보유하고 있는 것이다. 데이터의 신빙성을 유지하기 위해 수시로 실사를 나가 검토하고 정확성을 확보한다. 또한 국민들은 SEER에 접속하기만 하면 어느 암이 어떤 빈도로 발생하며 어느 지역에서 어느 연령대에 어떤 검사를 통해 확진되며 어떤 치료를 받은 후 5년 뒤 경과가 어떠한지, 10년 뒤에는 어떤 경과를 밟는지를 한눈에 확인해 볼 수 있다.

과거의 역사가 현재와 미래에 주는 교훈이 중요하듯이 데이터라는 것은 미래를 결정짓고 계획할 수 있는 소중한 단서가 된다. 이러한 데이터의 정확성과 투명성을 보장하는 정책은 국가가 서둘러 진행해야 할 시급한 문제일 것이라고 생각된다. 물론 산발적으로 연구를 위해 집적된 데이터는 있지만, 범국민적으로 활용할 수 있는 데이터의 확보는 앞으로 의료 한류 시대와 백세 시대를 준비하는 초석이 될 것이다.

Part 3

세상을
보는
페리스코프

Mass를 움직이려면 system으로 접근하라

우리는 오늘날 인터넷으로 어디든지 연결되고 무엇이든 검색되는 신세계에서 살고 있다. 이러한 인터넷 천국에서의 삶이 가능해진 것은 바로 윈도우 XP라는 시스템이 있기 때문이다. 이제는 더욱 버전 업그레이드되어 윈도우비스타를 거쳐 윈도우 8에 이르렀다.

현재의 눈부신 IT 발전이 있기까지 우리는 지난 수십 년간 어려운 컴퓨터 암호 속에서 난감해 했던 시절이 있었다. 이러한 곤혹스러움을 한 번에 해결해 준 윈도우! 여러 차례 새로운 버전으로 거듭난 윈도우 시스템 덕분에 인터넷은 누구나 접할 수 있는 생활 필수 아이템이 되었다. 즉, 마술 같은 윈도우 시스템으로 대중은 아무런 대가를 치르지 않고도 인터넷이 주는 삶의 풍요와 편리함을 누릴 수 있게 되었다. 이렇듯 훌륭한 시스템은 대중을 단 한 번에 일정 궤도 안으로 끌어올릴 수 있다.

한국적 정서와 20세기의 아이콘 "인터넷"과의 접목은 폭발적인 사회의 변화의 바람을 일으키고 있다. 인터넷이라는 매체는 무수히 다양한 개개인의 사고와 감정, 비판들에 대한 공감과 반박을 통해 자동적으로 사회 속에 새로운 문화를 형성하며 급속도로 대한민국을 변화시키고 있다. 인터넷 안에서 얼짱, 몸짱이 탄생하고 작가와 가수들이 속출하며 트위테리안 등이 발굴된다. 문화를 주도하는 신개념의 의식 전환은 〈나가수〉 혹은 〈위대한 탄생〉 등의 방송을 만들었고, 신예들의 등장은 인재 발굴의 새로운 양상을 펼쳐 보인다. 또한 인터넷의 무시무시한 전파력은 전국의 국민 개개인을 동시에 '끓였다. 식혔다' 한다. 기대하지도 못했던 놀라운 성과와 변화, 아니 혁신이 바로 눈앞에서 펼쳐지면서 대한민국은 세계로 나아가고 있는 것이다.

더욱이 오늘날 사회의 진화는 "타인의 도움을 끌어내는 능력을 통해 창조된 산물"을 원하는 세상을 만들었다. 예전에는 한 개인의 천재성과 성실성이 만났을 때 세계를 놀라게 하는 일이 충분히 가능했다. 그러나 무한 경쟁의 이 시대에서 개개인의 합을 통해 이룩된 성숙된 조화의 산물은 새로운 경쟁력으로 떠오르고 있다. 혁신은 새로운 시스템을 통해 앞으로도 계속되어야 한다. 쭈욱~

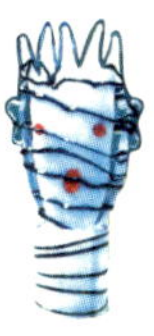

영화 〈아바타〉. 지구의 한 남자가 행성 판도라에서 자신과 동기화된 생명체 아바타로 거듭나 새로운 운명을 펼쳐가는 게 이 영화의 내용이다. 아이폰은 현실 세계의 PC와 연결하여 '동기화'라는 과정을 통해 언제든지 바로 복제된다. 이렇게 복제된 아이폰에 놀라운 생명력을 불어넣어 주는 것이 '애플리케이션(application)'이다.

애플리케이션이라는 혁신, 이것은 아이폰을 단순히 PC의 복제판이 아
니라 '진정한 삶의 아바타'로 만들어 놓았다. 애플리케이션과 함께 하는
새로운 놀이터, 그것은 영화 〈아바타〉의 판도라처럼 우리의 상상을 초월
하는 새로운 세계다. 수많은 아이템이 넘쳐 나는 공간에서 개개인은 자신
의 관심사에 따라 애플리케이션을 선택을 한다. 그리고 같은 선택을 한
사람끼리 공유하게 된다. 대표적으로 카카오톡이라는 아이템은 이제 아
이폰뿐만 아니라 스마트폰을 사용하는 대부분 사람들 사이에서 공유되는
공간이다. 사람들은 그때그때 자신의 상황이나 생각 등 모든 것들을 카카
오톡에서 표현하고 공유하며 교감한다. 여기서 한 걸음 더 나아가 카톡스
토리는 예전의 블로그를 스마트폰으로 끌어들여 더 많은 것을 공유하고
공감할 수 있는 판도라를 만들어가고 있다.

　유희를 위한 우리의 상상과 생각이 모이는 곳. 이 판도라 세상이 이제
는 우리 생활 깊숙이 점점 파고들고 있다. 이렇게 판도라는 앞으로도 계
속 진화를 거듭할 것이고 우리의 유희는 끝없이 새로움을 추구할 것이다.
따라서 이러한 세상을 담고 있는 하드웨어인 스마트폰은 아름다워야 한
다. 스티브 잡스가 아이폰을 만들면서 모서리 하나하나에도 디자인을 생
각하고 고민했던 것은 그가 추구하는 세계에 대한 미적 유희를 엿볼 수
있는 부분이다.

　10년 전만 돌이켜봐도 상상할 수 없었던 일들이 벌어지는 세상 속에
내가 있다. 이 세상과 끊임없는 소통을 통해 우리는 최상의 미적 유희와
세계를 경험하고 향유하는 삶을 살 수 있지 않을까?

영화 〈오아시스〉:
세상의 편견에 맞서
나를 지키다

　'오아시스! 듣기만 해도 시원하고 매력적인 단어다. 각박한 현실 속에 우리 각자의 오아시스는 무엇일까? 어디에 있을까? 오아시스는 바로 삶의 목표이자 의미일 수도 있다. 그러나 때로는 어느 누군가의 오아시스가 사회적 편견과 냉소 속에서 무참히 짓밟히는 수도 있다.

　이미 10여 년 전 놀라운 스토리와 묘사로 관객을 당혹스럽게 했던 화제의 영화 〈오아시스〉가 기억난다. 뇌성마비로 어두운 방 안에 홀로 버려진 한공주. 방에 걸려 있는 오아시스 그림은 그녀 삶의 유일한 위안이다. 자동차 뺑소니 전과자 종두. 사회의 비정함과 편견 속에 그 어느 땅에도 다시 설 수 없는 종두. 그의 한공주를 향한 사랑조차 사람들의 오해를 받고 성범죄로 치부된다. 한공주의 오아시스 그림에 어두운 그림자를 드리우는 창문 앞 나뭇가지. 나무는 나름대로의 목적으로 그 땅에 심겨지고 바람은 자연의 법칙대로 불었을 뿐인데, 그 나뭇가지와 바람이 한공주의 오아시스에 어두운 그림자를 드리운다. 종두는 한공주를 불안에 떨게 하는 그 나뭇가지를 모두 잘라준다. 그녀를 세상의 편견과 냉소로부터 해방시켜 주기 위해서다. 그리고 그들은 볼륨을 한껏 높인 라디오 음악 소리를 들으며 행복에 겨워 춤을 춘다.

누구나 인정하는 아름다운 오아시스도 있다. 맨해튼 도심 속 센트럴 파크(Central Park), 대한민국의 서울숲, 개개인의 카타르시스를 느끼는 순간…. 그러나 나의 오아시스가 소중한 만큼 어느 누군가의 오아시스도 소중하다. 다양화되고 있는 이 사회에서 우리는 이해와 아량의 폭을 넓혀 편견을 극소화하고 보다 다양한 삶의 오아시스를 인정하고 보호해 주어야 하지 않을까? 다수가 소수에 대해, 평범함과 보편성이, 편견의 상식을 갖고, 저지르는 잔인함에 대해 우리는 다시 한 번 생각해 봐야 할 것이다.

　세계적 문호 도스토예프스키의 대작 《죄와 벌》에 나오는 주인공 라스콜리니코프는 젊은 법학도다. 그의 여자 친구 소냐는 몸을 팔아가며 술주정뱅이인 아버지, 불구인 어머니, 그리고 남동생의 생계를 책임진다. 그러나 힘들게 번 돈은 아버지의 술값으로, 어머니의 실수로, 어처구니없이 새어 나간다. 학비를 벌지 못해 휴학을 해야 하는 상황에 놓인 라스콜리니코프에게 악랄하게 돈을 빌려주지 않는 전당포 노파. 세상은 도무지 그대로 두고 볼 수 없는 모순 그 자체다. 그는 노파를 살해한다. 그리고 법이 해결하지 못하는 이 사회의 모순을 하늘이 보낸 자신이 제대로 정리했다며 살인을 정당화하고 싶어 한다. 내가 이 책을 읽던 중학생 시절이나, 지금이나 젊은 법학도로 변함없이 남아 있는 라스콜리니코프. 그의 생각에 충분히 공감이 간다. 한번쯤 이런 생각을 해보지 않은 법학도가 있다면 그건 곤란한 문제일 것이다.

하지만 세상이 그렇게 단순하면 얼마나 좋을까? 좀 똑똑하다는 한 사람이 나쁜 놈, 착한 놈을 가려서 그에 합당한 죄와 벌을 주고 세상을 교통정리할 수 있다면 말이다. 우리는 어느 누구의 인생에 대해서도 단편적인 한 부분만으로 사람을 판단할 수 없다. 노파는 왜 그런 인생을 살 수밖에 없었는지 불쌍하지 않은가? 인간은 누구나 악한 존재인 동시에 선한 의지를 갖고 있다. 그 누구도 사람을 심판할 수 없고, 심판하고자 해서도 안 된다. 그래서 어쩔 수 없이 법에 근거해서 죄를 심판할 수밖에 없는 것이다.

죄가 전혀 없는데도 사랑의 실천을 위해 기꺼이 형벌을 감수한 영국의 '레이디 고디바'의 일화가 생각난다. 고디바는 11세기 영국 코벤트리의 영주 부인이다. 당시 농민들은 왕의 가혹한 세금 징수로 참혹한 생활을 하고 있었다. 고디바 부인은 이 같은 농민들의 생활을 보다 못해 영주에게 세금 감면을 간청한다. 하지만 영악한 영주는 당시 가장 가혹한 형벌에 해당하는 조건을 고디바 부인에게 내건다. 영주가 내건 조건은 "알몸으로 말을 타고 도시를 돌라"는 허무맹랑한 요구였다. 영주는 고디바 부인이 수치심에 자신이 내건 조건을 절대 받아들이지 않을 것으로 믿었다. 하지만 영주는 뜻밖의 상황에 놀라게 된다. 고디바 부인이 알몸 시위를 시작한다는 소문을 들은 시민들이 모두 자신들의 집 창문에 커튼을 친다. 그리고 고디바 부인의 시위가 끝날 때까지 아무도 집 밖으로 나오지 않았다고 한다. 결국 고디바 부인의 시위로 가혹한 세금 징수는 끝나게 됐다.

우리나라의 현재도 그렇고, 사회가 어느 정도의 의식 수준에 이르기까지, 구조적인 모순을 감내해야만 하는 시대가 있다. 누가 봐도 말도 안 되는 상황에 대해 아무도 저지할 방법이 없는 구조적 모순, 억울하고 답답한 사람들. 그러나 라스콜리니코프의 방식대로는 그 모순이 해결될 수 없는 것이다. 차근차근 사회가 계몽될 때까지 기다리든지, 아니면 고디바 부인 같은 숭고한, 초인간적인, 어느 위대한 사람의 희생 혹은 해법을 가진 천사가 나타나든지 해야 된다. 얼마 전 성황리에 종영되었던 드라마 〈추적자〉에서 보듯이 절대적 권위와 힘 앞에서 사법부의 존재에도 무기력감을 느끼는 경우가 있다. 법이란 도대체 무엇인지 국민을 헷갈리게 한다. 이에 대해 진실을 지키고 보여주려는 주인공의 힘겨운 싸움. 경쟁 구도에서, 힘의 논리 안에서, 약육강식의 본질적 생존 법칙 속에서, 어쩔 수 없는 상황들이 벌어진다.

강자나 약자나 모든 사람은 더 강한 사람에게 언제든지 위협을 받거나 불합리한 요구를 강요받을 수 있다. 이에 대해 약자를 배려할 수 있는 상대적 강자의 인식 전환이 필요하다. 또한 사회 안전망 확충이나 법 제도의 개선 등 사회적 합의에 의한 자정 작용도 필요하다.

우리나라도 이 만큼 발전했고 개개인도 과거에 비해 더욱 영악해졌다. 이러한 시대에 우리의 인문학과 윤리의식 또한 발맞춰 진화해야 한다. 법이 해결하지 못한, 힘이 지배해 버린 모순들에 대해 재도전하여 이를 판단하는 새로운 제도적 장치가 필요하다. 그러나 이런 글을 쓰는 나 자신도 지친다. 그런 말을 하는 사람을 어리석다고, 사회에 대해서 모르는 소리라고 비웃을 것 같은 쓸쓸한 생각이 든다.

'세기의 뮤지션' 마이클 잭슨의 죽음

　　20세기를 대표하는 팝의 아이콘, 그의 전설적인 음반 판매 수와 각종 공연 기록, 춤과 음악의 기록들. 그리고 그 어느 누구도 감히 흉내 내지 못할 신적인 몸놀림과 카리스마 넘치는 표정! 정말 수십 년이 지난 지금 다시 봐도 감탄을 금할 수 없다. 그러나 천재들이 범하기 쉬운 오류, 공감을 상실한 오만과 독선이 그를 죽음으로 몰고 갔다.

　　'세기의 뮤지션' 마이클 잭슨이 하직한 지도 일주일이 되었다. 보도를 인터넷상에서 읽은 순간 안타까움과 함께 많은 상념들이 스쳐갔다. 그의 말년에 힘들었던 상황이 안쓰러웠다. 그는 수년 전 네버랜드로 이름 붙인 호화로운 저택 놀이동산에서 성추행 혐의로 재판을 받고 천문학적 숫자의 빚을 지게 되었다. 결국 그의 집도 건설회사에 경매로 팔렸다. 그리고 나서 그는 임대주택에서 가족들과 함께 생활을 했다. 그가 명성과 부에 어울리지 않는 아동 성추행이라는 죄목으로 재판에서 그렇게 맥없이 저버린 이유가 뭘까? 아마도 자신의 변해버린 외모 때문에 상처받고 자신감을 잃어 재판을 감당할 자신이 없었을 것이다. 그래서 어린아이를 이용해 돈을 갈취하려는 악당에게 그냥 돈을 주고 합의하기로 했을지도 모른다. 아무래도 그랬을 것 같다. 그의 성형 논란은 세계를 이미 떠들썩하게 했고 찬란했던 만큼 추악했다. 하지만 그것이 그의 잘못인가? 우리는 얼마나 그의 마스크가 들려주는 음악에, 춤에, 쇼에 열광했던가? 본인은 얼마나 감당하기 힘들었을까? 그래도 그는 마약에 손도 대지 않고 순박하게 남은 생을 살아갔다.

비틀즈의 〈Imagine〉에 이어, 마이클 잭슨은 〈We Are The World〉라는 곡으로 우리가 상상할 수 있는 가장 아름다운 세상을 노래했다. 그랬던 그가 왜 그렇게 공격적인 언론의 비난에 몰리고 고소를 당하며 쓸쓸하고 차가운 죽음을 맞이하게 되었을까? 그의 죽음을 두고 둘러싼 각종 시비와 의혹들을 왜 남기게 되었을까? 조금만 더 자신의 세상에서 남에 대한 배려의 시간들을 쪼개어 썼더라면, 조금만 더 자신에게 열광해 주었던 일반인들에 대한 봉사와 배려의 마음을 가졌더라면 하는 아쉬움이 남는다.

신이 누군가에게 천재성을 부여했다면, 그 천재성을 부여받은 사람에게는 신이 내린 미션(mission)이 있었을 것이다. 누구든지 자신에게 주어진 미션이 무엇인지를 진지하게 고민해 볼 필요가 있다. 그리고 자신의 능력과 아름다움을 최대한 발휘하여 궁극의 미션을 다하고자 노력해야 한다. 그래야만 그 아름다움은 진정한 가치를 발휘하고 영원히 빛날 수 있을 것이다. 또한 우리는 세기를 움직였던 위인들의 삶을 통해 어떻게 그 영광의 자리에서 아름답고 우아하게 내려올 수 있을지에 대해 한번쯤 고민해 보게 된다.

SCENE   CUT   TAKE
DATE   ROLL
PROD.CO.
DIRECTOR   CAMERAMAN

영화 〈여인의 향기〉에서 알 파치노가 주연한 주인공은 시력을 잃은 퇴역 군인이다.

탱고를 춰 본 적이 없는 아름다운 여인에게 탱고를 가르쳐 주며 춤을 리드해 가는 주인공, 퇴역 군인은 장님이다. 어떤 불의의 사고로 시력을 잃게 된 그는 조심스레 여인을 리드하면서 아름다운 탱고의 춤 동작을 보여준다. 군인답게 절도 있는 몸짓으로 정확하게 리듬에 맞춰 여인의 몸 움직임을 하나도 빠짐없이 감지하면서 그는 단 한 번의 실수도 없이 한 곡의 탱고를 마무리한다. 알파치노가 주연한 〈여인의 향기〉에서 그의 표정은 한 마디 말도 없이 얼굴 표정만으로도 충분한 감동을 주었다. 철저한 통제와 상명하복의 군대 생활, 시력을 잃은 어려운 시련, 퇴역이라는 절망, 이제 내리막길일 수밖에 없는 나이, 이 모든 것들을 지탱하고 버틸 수 있게 하는 그의 의지가 얼굴에 너무나도 단연하게 그려진다. 표정 하나만으로 그가 살아온 수십 년 인생이 어떠했을지가 느껴져 감동의 눈물을 멈출 수 없었다. 또한 이것이 연기라는 사실을 믿을 수 없게 완벽하게 소화해 내는 알 파치노도 정말 대단한 사람이다.

인생이 나이 앞에서 무너질 이유는 없다. 과거의 내가 현재의 나를 만들었고 앞으로 미래도 만들어 갈 것이다. 변화는 있으나, 그렇다고 나의 과거가 절대 무의미해지지는 않는다. 나의 현재가, 살아온 인생이, 어떤 과거 속 하루하루로 어떻게 엮어져 왔는지가 중요한 것이다.

절제와 통제의 엄격한 규율, 이것은 사람의 자유로운 사고와 감성을 말살한다고 생각했다. 그런데 인간의 자유가 절제를 모를 때 가져오는 치명적인 결과는 참담하다. 질서가 가져다주는 조화의 아름다움, 나이가 들면서 새롭게 깨닫게 되는 덕목이다. 창의 혹은 창조라는 것이 반드시 방종적 자유에서 잉태되는 것은 아니다. 엄격한 규율과 절제의 테두리 안에서 충분히 그리고 탄탄하게 닦여진 베이스가 있을 때 비로소 제대로 된 창조는 탄생된다. 스타니슬라브스키라는 연극학자는 "배우에게는 군인 같은 훈련이 필요하다"고 했다. 우리가 한 인생을 놓고 보았을 때 훌륭한 업적을 쌓고 세계를 변화시키거나 감동을 준 인물들이 행복한 임종을 맞는 경우는 바로 이러한 질서와 조화를 존중한 결과였다는 사실을 다시 한 번 깊이 새겨 본다.

"사랑이 외로운 건 운명을 걸기 때문이지
모든 것을 거니까 외로운 거야 사랑도 이상도
모두를 요구하는 것 모두를 건다는 건 외로운 거야"

―〈킬리만자로의 표범〉

　모든 것을 건다는 것은 젊음의 특권이자 용기 있는 자만이 누릴 수 있는 기회다. 그 표범의 DNA는 아마도 다른 표범의 그것과는 분명 차이가 있었을 것이다. 결국 그는 그 무리에서 일탈할 수밖에 없는 운명을 타고난 것이다. 하지만 일반적으로 표범이 킬리만자로와 같은 높은 지대에 올라가는 것은 생물학적으로 불가능하다고 한다. 그런데도 그가 킬리만자로에 간 것은 숙명이었으리라. 도대체 왜 무엇을 얻기 위해서였는지는 알 수 없지만, 그의 운명이 어느 순간부터는 숙명적으로 그를 킬리만자로에 이끌었으리라. 아무도 가보지 않은 새로운 길을 걷는다는 것은 신선함을 넘어 고단하고 위험한 길이다. 반전에 또 다른 반전을 거듭하고 외로움을 견뎌내야만 한다.

킬리만자로에서 그 표범은 무엇을 느꼈을까? 그 적막하고 구원의 손길이 없는 높고도 높은 킬리만자로에 도달했을 때 우리는 무엇을 깨닫게 되는 걸까? 그 끝에 기다리고 있는 깨달음, 그것이 종교일까?

헤르만 헤세의 작품 《지와 사랑》 마지막 장면에서는 서로 상반된 인생을 살아온 두 주인공의 임종 장면이 나온다. 수십 년간 자연 속에서 야생을 살아온 골드문트는 거울에 비친 자신의 모습에서, 오로지 수도원에서 독실하게 하느님을 섬겨온 나르치스의 얼굴을 발견한다. 인생을 통해 사랑만 했던 골드문트와 오로지 하나님을 향한 지성을 쌓아온 나르치스의 마지막 모습이 똑같아진 이유는 무엇일까? 각자에게 주어진 정반대 숙명의 궤도를 치열하게 달려온 두 사람은 결국 같은 원점으로 돌아오게 된다.

모든 것이 숙명적으로 결정되어 있다면, 모든 것을 건다는 것, 운명을 건다는 것은 얼마나 무모한 일인가? 아무도 알 수 없는 숙명. 숙명을 거스른다면 치러야 할 대가는 너무도 크다. 함부로 쓰기에는 너무도 위험한 특권이다. 그렇다. 결과가 어떻든 자신이 가고자 하는 길을 가는 것은 맞는 것이다. 모든 것을 걸고 결과는 숙명에 맡기자. 숙명은 'what'을 결정하지만, 나는 'how'를 결정한다.

우리들은 모두 무엇이 되고 싶다.

나는 너에게 너는 나에게 잊혀지지 않는 하나의 의미가 되고 싶다.

—김춘수의 〈꽃〉 중에서

Part4

사랑을 꿈꾸었고
지금도
꿈꾼다

DOGFISH SHARK

너에 대해서 알겠는데, 이제 네가 어떤 사람인지 잘 알겠는데,

나는 너에게 어떤 존재인지 알고 싶어.

나라는 사람이 진정으로 네가 부르고 싶은 이름일지 난 너무나 궁금

하다.

너에 대해 알기까지, 너에게 다가가기까지

내가 얼마나 망설였는지, 얼마나 애틋하게 가슴 조였는지,

그리고 이 순간 또 얼마나 많은 갈등을 이겨내야 하는지 넌 아니?

너도 그런지, 아님 네게 한때의 가벼운 감정인지 알 수가 없구나!

어떻게 나를 알려야 할지 무엇을 알려야 할지 모르겠다.

이렇게 내가 나에 대해 할 말이 없는 인생이었는지 몰랐네..

우리 좀 더 시간을 두고 생각해 볼까, 아님, 어떻게 할까?

네가 다가와 줘…

망설임 없이 나도 나를 열고 싶은데, 그게 잘 안되네. 그게 참 쉽지 않네.

내가 혹시 너무 빨랐나? 나 혼자 독주했나?

다소 늦은 감은 있지만, 조각을 무척 좋아하는 나로서는 로댕회고전은 설레는 관람이었다. 예전 파리에서 비너스 상을 봤을 때가 생각났다. 루브르 박물관은 자신의 가장 사랑스런 조각 비너스를 그렇게 쉽게 한눈에 보여주지 않았다. 비너스 상을 찾아 조명 아래 보일 듯 말 듯 한 미로 속을 빨려 들어가던 어느 순간, 저만치 앞 아치형의 경단 끝에 자태를 드러냈던 비너스! 그 후 어떻게 걸어갔는지 아무런 의식도 하지 못한 채 어느새 나는 비너스의 아우라 안에서 황홀한 감동을 느끼고 있었다. 그리고 박물관 후문을 돌아 나오면서 프랑스가 이런 나라구나~! 하는 감동을 받았다.

<생각하는 사람>부터 얘기하자면 재미있는 작품이었다. 멀리서, 사진에서만 봤을 때, 난 사유하는, 번민하는 로댕을 상상하곤 했다. 하, 그러나 가까이서 하나하나 그 얼굴을, 포즈를 연출하는 몸과 근육들을 보면서, 난 이 <생각하는 사람>의 관능미에 놀랐다. 얼굴 근육이 살짝 일그러질 만큼 그는 깊은 시름에 잠겨있는 듯해 보이지만, 그의 신체를 이루는 부분 부분들이 만들어내는 각, 그리고 그것을 덮고 있는 근육들은 하나하나가 살아나 뇌세포에 꽂히는 듯이 강렬한 포스로 나를 엄습했다.

그 이외에도 여러 점의 조각들과 회화가 전시되었다. 여성의 누드를 많이 조각하고 그렸던 젊은 조각가 로댕. 백 년이 지난 오늘 이날까지도 그의 정열과 혼은 조각품을 통해 관람객의 영혼을 압도해버린다. 조각들에서 뿜어져 나오는 강렬한 에네르기, 강하고 부드러운 형언할 수 없는 어떤 힘….

진정 그의 손은 신의 손이었고, 그의 영혼에 사랑은 마르지 않는 거침없이 강렬한 힘을 쏟아부어 주었을 것이다.

부드러운 곡선으로 풍만하게 표현된 섬세한 표정, 동작, 근육의 움직임, 그 모든 것은 경이로움 그 자체였다.

어록 (믿거나 말거나)

* 늑대는 주식 고르듯 하라, 헐값에 사서 금값으로 키우라

* 포커페이스와 협상, 그리고 약간의 비굴함이 결혼을 굴러가게 하는 힘

* 남편은 고고학자가 되어야 한다. 아내가 오래

  될수록 더 많은 관심을 가져주는…

─〈Newsweek〉지 중에서

남: 아! 결혼하고 싶다.

여: 결혼? 부부란 뭐라고 생각해?

남: 사랑하는 사람끼리 사는 거 아닌가?

여: 그렇게 단순한 게 아니야. 꿈의 파트너끼리 서로 결혼하여 서로를 자신의 작품처럼 키워주면서 무르익어 가게 도와주는 거야. 그때까지 서로 사람으로 만들어 주고 다듬어 주는 관계로 공정하게 시작해야 하는 거야.

남: 생각해 보니 자기 말이 다 맞네. 내 친구만 봐도 요즘 서로가 손해 안 보려고 하니까 말만 '결혼해야지' 하면서도 막상 결혼하기 힘든 거 같아.

그와 나와의 궁합 점수는? 일단,

　　　　같이 있을 때 즐겁다 (　　)

　　　　나에게 도움이 될 것 같다 (　　)

　　　　나를 편하게 해준다 (　　)

　　　　나에 대해 진실하다 (　　)

　　　　나를 위해 희생할 생각이 있다 (　　)

　　　　라이프 스타일이 나와 잘 조화를 이룰 수 있다 (　　)

　　　　만나기 전 설렘과 만난 후 행복감을 느낀다 (　　)

　　　　우리 가족에게 친절할 것 같다 (　　)

　　　　내가 틀려도 사람들 앞에서 내 편을 들어줄 것이다 (　　)

　　　　이기적이다 (　　)

　　　　얄미운 구석이 있다 (　　)

　　　　합리적이다 (　　)

　　　　이해심과 포용력이 있다 (　　)

　　　　통이 크고 배포가 좋다 (　　)

　　　　뱃심이 있다 (　　)

　　　　매너가 좋다 (　　)

　우리는 일생 동안 많은 사람을 만나고 헤어지게 된다. 태어나자마자 부모님과의 첫 만남부터 학교에 들어가 새로운 친구들을 사귀고 사회생활을 하면서 무수히 사람들과 인연을 맺게 된다.

　사람과 사람 사이의 관계 맺기는 사회생활에게 무척 중요한 부분이다. 인연이라는 감정적 차원을 넘어서 사랑과 우정, 그리고 직장 동료 등과의 만남과 이별은 내 삶의 방향을 크게 바꿔 놓을 수도 있기 때문이다.

　그래서 우리는 흔히 '사람은 재산'이라고 말한다. 학교에서 만난 스승은 인생의 지표를 세우는 데 지대한 영향을 미친다. 사회에서 만난 사람들도 성공과 실패를 결정짓는 중요한 요인이 될 수 있다. 특히 사회생활의 성공 비결로 사람들과 잘 어울리는 것을 꼽을 수 있다.

168

　그렇다면 사람들과 잘 어울리기 위해 무엇이 필요할까. 가장 중요한 것은 이름을 기억하는 것이다. 사람들은 누구나 자신은 중요한 사람이라고 생각한다. 따라서 처음 만나 인사를 나눈 사람이 자신의 이름을 기억하지 못한다면 몹시 기분이 상할 수 있다. 상대방의 이름을 잊어버렸다는 것은 내가 관계를 맺고 싶은 사람에게 대단한 결례인 것이다.

　특히 직장인이라면 고객의 이름 기억하기는 필수다. 고객은 자신을 얼마나 중요한 사람인지 가늠하는 데 이름을 기억해준다는 것은 작지만 꼭 기억되는 서비스로 기억할 것이다.

　나는 그동안 얼마나 많은 사람들과 만나고 헤어졌을까. 그리고 수많은 만남 속에서 내가 이름을 기억하는 사람은 얼마나 되며, 내 이름을 기억해 주는 사람은 또 얼마나 될까.

　내 이름이 누군가에 좋은 기억으로 남을 수 있었으면 좋겠다.

서로에 대한 배려는 인간관계에서 무척이나 중요한 부분이다. 상대방의 생각이나 상황을 고려하지 않고 나만의 주장을 펼친다면, 이것은 대화가 아니라 강요가 될 것이다.

'남의 말을 들어주기' 쉬운 것 같지만 잘 실천하기는 절대 쉽지 않다. 사람은 누구나 자신의 생각을 남보다 먼저 말하거나 강조하고 싶은 욕심이 있기 때문이다. 하지만 이런 욕심은 자칫 중요한 사람과의 관계에 악영향을 끼칠 수도 있다.

그렇다면 '남의 말을 잘 듣기 위한 방법'에는 어떤 것이 있을까. 우선 상대방이 말하고 싶어 한다면 다소 오랜 시간 참을성이 필요하다고 해도 들어주는 것이다. 일반적으로 사람들은 듣는 것보다 말하는 것을 좋아한다. 따라서 당신이 말하고 싶은 욕구를 조금 양보하고 상대방의 말을 끝

까지 들어준다면, 상대방은 당신에게 말하고 싶은 만큼 말을 하면서 고마움을 느낄 것이다.

물론 단순히 듣고만 있는다고 상대방에 대한 배려를 다한 것은 아니다. 상대방의 말을 들어주되 '예' '그렇군요' '맞아요' 등등의 추임새를 넣어주면 더욱 효과적이다. 당신의 추임새에 상대방은 '내 말을 집중해서 들어주고 있구나' 하고 느낄 것이다.

이야기를 들으면서 상대방의 말끝을 알아차리는 것도 효과적이다. 상대방의 이야기가 어떤 방향으로 전개될 것인지, 다음에는 어떤 주제의 말을 준비하고 있는지, 대화의 결론은 어떻게 될 것인지 등을 예상해 간단하게 상대에게 질문을 던져보자. 그러면 당신의 대화 상대는 더욱 신뢰감을 갖고 당신에게 고마움을 느낄 수 있다.

만일 상대방의 이야기에 집중력이 흐려진다면 요약해보는 것도 효과적이다. 상대 이야기와 관련된 질문을 중간 중간 던져보면 상대방은 '맞다, 내가 하고 싶은 말이 바로 그거다' 라고 더욱 기뻐할 것이다. 또한 상대방은 '당신이 자신의 이야기를 이해하기 위해 노력하고 있구나' 라고 생각할 것이다.

모든 기술이 그렇듯이 '대화의 기술' 에도 훈련과 연습이 필요하다. 특히 대화의 기술에서 가장 중요한 첫 번째는 무엇보다 '듣기' 라는 것을 강조하고 싶다.

현대인들은 하루하루 무척 바쁘게 살고 있다. 아침 일찍 일터로 출근해 정신없이 업무를 처리하고 나면 늦은 밤이 되기 일쑤다. 주말이라 해도 각종 경조사를 찾아다니다 보면 일주일 중 제대로 쉴 수 있는 시간을 갖기가 어렵다. 여기에 자기계발을 위해 학원 수강이나 인터넷 강의로 모자란 시간을 쪼개 써야 한다.

이렇다 보니 주변을 챙기거나 자신을 돌아보기가 어렵다. 이처럼 현대인들이 바쁘게 일상을 사는 것은 마음속에 무엇인가 큰 부담감을 안고 있기 때문이다. 학생들은 학업에 대해, 직장인들은 업무에 대해, 주부들은 가족들의 건강과 자녀 교육 등에 대한 부담감으로 마음 한구석이 짓눌려 있는 것이다.

　　물론 이 같은 부담감에서 완벽하게 벗어날 수 있는 방법을 찾기는 결코 쉽지 않다. 여행이나 휴가 등을 통해 마음의 부담감을 어느 정도 해소할 수는 있지만 바쁜 일상에서 자신만의 시간을 내기란 여간 어려운 것이 아니다.

그렇다면 일상의 부담감을 조금이라도 덜 수 있는 방법은 무엇일까. 많은 전문가들은 '긍정적인 사고' 를 해법으로 꼽는다.

어떤 문제에 봉착했을 때 '내가 과연 해결할 수 있을까' 또는 '왜 내게 이런 문제가 주어졌나' 등의 부정정인 생각이 앞서는 것을 경계하자. 되도록이면 '이 문제를 멋지게 해결한 이후의 멋진 결과' 를 생각하자. 농부가 수학의 기쁨을 위해 땀을 흘리는 것처럼, 성취감을 맛보기 위해 '문제를 해결해보자' 는 긍정적인 사고를 갖자는 것이다.

너무 강한 집착이나 불안, 분노 등의 감정 상태를 최소화하는 것도 긍정적으로 생각하는 데 도움이 된다.

많은 사람들은 때로 너무 과거에 집착해 당면한 문제를 더 크게 만들기도 한다. 또는 과거의 좋지 않은 기억으로 인해 새로운 일을 추진할 때 불안한 마음부터 갖게 된다.

불안했던 과거 또는 분노와 후회 등으로부터 탈피하고 현재의 상황을 직시하자. 현재 당면한 과제에 적극적으로 맞서는 용기와 지혜가 무엇보다 중요하다.

'긍정의 힘' 바로 긍정적인 사고가 모든 불안 요인과 문제를 해결할 수 있는 핵심 키워드다. 자신을 믿고 긍정적인 노력으로 보다 발전된 미래를 준비한다면 아마 우리 모두 빛나는 성과를 일궈낼 수 있을 것이라 믿는다.

사람은 누구나 자신이 모르는 능력이 있다. 아인슈타인과 같은 천재들도 평생 자신의 능력에서 극히 일부분만 활용한 것이라고 했다. 자신도 모르는 잠재된 능력을 발굴하기 위해 우리는 많은 것들을 경험하고 학습한다.

어떤 일을 하거나 공부에 매진할 때 자신이 발휘할 수 있는 능력을 최대한 끌어낼 수 있다면 얼마나 좋을까. 우리가 흔히 잠재력이라고 부르는 내재된 능력은 노력 여하에 따라 다르게 나타난다.

성공한 기업가들을 예로 들면, 많은 기업가들은 그들의 돈을 투자해 기꺼이 모험을 하거나 새로운 사업을 벌이는 위험을 감수한다. 어떤 착상 또는 계획을 추진하는 데 현상으로 나타나는 자신의 능력보다 또 다른 잠재력이 창출될 것이라고 믿는 것이다.

물론 무리한 계획이나 목표는 자칫 커다란 위험에 봉착하는 원인이 될 수 있다. 자신의 능력이나 상황을 고려하지 않고 이상만 추구한다면 나중에 큰 상처를 입고 후회만 할 수도 있다.

하지만 도전하지 않는다는 것은 아무것도 성취할 수 없다는 것과 같은 말이다. 현재 자신의 강점과 약점을 정확히 파악하는 사전 준비단계를 거쳐 내재된 잠재력을 어느 정도 끌어 올릴 수 있는지를 최대한 예측한다면 도전 과제에 충분히 승부를 걸어 볼 만하다.

우리가 알고 있는 많은 성공 기업인이나 위대한 역사적 승리자들도 모두 철저한 자기분석 과정을 거치고 도전 의식으로 무장했다.

쉽게 얻어지는 성공은 가치가 없다. 어떤 희생을 감수하기로 결단을 내린다면 목표를 달성하기 위해 최대한의 노력을 경주해야 한다. 이 같은 노력이 경주될 때 비로소 우리의 내면에 깊숙하게 자리 잡고 있던 잠재력이 극대화가 될 것이다.

"버스가 산모퉁이를 돌아갈 때 나는 '무진(Mujin) 10km' 라는 이정비를 보았다. 그것은 옛날과 똑같은 모습으로 길가의 잡초 속에서 튀어나와 있다."

김승옥의 소설 《무진기행》의 첫 문장이다. 《무진기행》은 미망인이지만 돈 많은 아내를 얻어 출세가도에 올라 있는 '나' 가 어린 시절을 보낸 무진에 내려가 겪는 일을 그리고 있다. 무진은 '나' 에게 어머니의 묘가 있는 곳이면서 빈곤하고 참담했던 과거의 기억으로 얼룩져 있는 곳이다.

지금의 '나' 는 서울에서 장인의 도움으로 제약회사 전무 자리가 정해져 있는 '잘 나가는' 몸이다. 그런 지금의 '나' 는 무진에서 여러 사람을 만난다. 그를 존경하는 후배인 박, 고등고시에 합격해 무진의 세무서장으로 있는 조, 그리고 음악교사인 처녀 하인숙 등이다. 특히 서울 사람을 동

경하는 하인숙은 '나'를 유혹한다. '나'는 하인숙을 서울로 데려가겠다는 약속을 하면서 무진에서 며칠을 즐긴다. 하지만 사랑이 아닌 돈 때문에 결혼한 '나'의 아내가 서울 상경을 요구하는 전보를 보내고, '나'는 상경한다. 하인숙에게 했던 빈말이 된 약속과 자신의 속물적 근성에 부끄러움을 느끼며….

《무진기행》은 청소년 시절뿐만 아니라 어른이 되어서도 여러 번 다시 꺼내 읽은 소설이다. 수려한 문장이 주는 매력 때문이기도 하지만 사랑과 출세를 놓고 갈등하는 주인공의 심리묘사가 사실적이고 솔직하게 그려져 있기 때문이다.

이 책을 되새겨 읽을 때마다 과연 '조건 없는 사랑'의 의미가 무엇인지 생각해 보게 된다. 사랑에 조건이 없다지만, 정말 조건 없이 사랑하기에 인간은 얼마나 나약한 존재일까. 물론 사랑에는 부모 자식 간의 무조건적이고 맹목적인 사랑도 있다. 하지만 남녀 간의 사랑에서 조건이 없다는 게 과연 가능할까. 물론 가능하지 않다고 단정 지을 수는 없지만 사랑에 조건을 배제한다는 것은 정말로 어려울 수밖에 없다는 생각이 든다.《무진기행》의 '나' 역시 하인숙에게 사랑을 약속했지만 결국 조건 좋은 장인이라는 배경이 있는 아내에게 너무도 쉽게 수긍하는 것을 보면 더욱 조건 없는 사랑의 어려움을 절감하게 된다.

《무진기행》은 몇 년 전 대학생들이 중고등학교 시절 읽은 단편소설 중 다시 읽고 싶은 소설로 꼽히기도 했다. 그만큼 문장도 좋지만 내용적으로도 인생에서 사랑에 대한 고민이 가장 많을 수 있는 대학생들의 공감을 얻고 있다는 얘기일 것이다.

지난해는 《무진기행》의 작가 김승옥이 등단 50주년을 맞은 해이기도 하다. 책장에 꽂혀있는 《무진기행》을 빼내 다시 읽어 본다. 그리고 사랑의 순수성을 체험해 보고 싶다는 생각을 하면서 미소를 지어봤다.

사회생활을 하면서 인간관계의 중요성을 절감하게 된다. 오랜 학생 시절의 다양한 경험과 공부의 목적 중 하나는 사회에 나가 다른 사람들과 관계를 맺는 방법을 배우는 것이라고 생각한다. 세상은 나 혼자만이 아닌 여럿이 어울려 살아야 하는 것이기 때문이다. 따라서 살아가는 방법을 배우기 위해서는 인간관계의 방법을 익히는 것이 중요할 것이다.

그렇다면 효과적인 인간관계의 방법은 무엇이 있을까? 이 같은 물음에 많은 사람들이 우선적으로 꼽는 것이 있다. 바로 '인사'다.

우리는 어린 시절부터 인사의 중요성에 대한 말을 많이 듣는다. 어른들은 '인사성 참 밝다'며 인사 잘하는 아이들을 곧잘 칭찬하곤 한다. 어른이 돼서도 마찬가지다. 사회 초년생이 되면 선배나 상사에게 가장 먼저 자신의 이미지를 각인시키는 게 바로 인사다.

인사하는 모습만 봐도 그 사람의 사람됨을 어느 정도 가늠해 볼 수 있다. 또 가장 간단하게 자신을 상대방에게 긍정적으로 각인시키는 방법도 인사라 할 수 있다. 바로 인간관계를 구체적으로 실현하는 일이 바로 '인사'이다.

인사의 기본은 상대방에게 감사를 표시하는 일부터 시작한다. 상대방에게 호의를 대접받거나 신세를 졌을 경우에는 각별히 이 점에 주의를 기울여야 한다.

인사의 사전적 의미는 '안부를 묻거나 존경의 뜻을 표현하기 위해 예의를 갖추는 일' 또는 '사람들 사이에 지켜야 하는 예절'이다. 인사가 사람 관계에서 가장 기본이 되는 예의라는 뜻으로 해석할 수 있다.

인사의 예의를 지키기 위해서는 상대방에 대해 마음을 열어 놓는 자세가 필요하다. 상대방을 경계하거나 불편한 마음을 가지고 있다면 인사에 진정성을 담기가 힘들다.

인사는 나의 호의를 상대방에게 표현하는 가장 쉬운 방법은 물론, 상대방의 마음을 얻기 위한 기본적인 행동이다. 따라서 인사를 받으면 반드시 공손하게 답례해야 한다. 만일 어떤 회사의 사장부터 말단사원에 이르기까지 정중하게 인사하는 법을 모른다면, 이 회사의 성장은 암울할 수밖에 없다.

지금까지 생활하면서 나는 얼마나 많은 사람과 인사를 나눴으며 몇 종류의 인사말을 상대방에게 전달했을까? 또 그동안 내 인사를 받은 사람은 나를, 그리고 내게 인사한 사람들을 나는 어떻게 기억하고 있는지 되짚어 본다.

우리에게 주어진 문명을 적극적으로 이용하고 향유하고
그것을 공유하는 지극한 즐거움을 만들어 가는 것이
바로 나의 두뇌 건강과 나아가 백세 시대를 준비하는 길이 될 것이다.

Part5

백세 건강과
즐거운
두뇌운동

의학의 눈부신 발전으로 이제 우리는 백세 시대를 살게 되었다. 이 시대의 화두는 고령화, 노후 대책이다. 수명이 길어짐에 따라 만성 성인병과 치매의 발병률도 높아지고 있다. 따라서 우리는 건강하게 행복한 백세인생을 준비해야 한다. 하지만 우리의 건강에 필요한 것이 육체적 건강만은 아니다. 나의 두뇌가 즐거운 것, 두뇌 운동이 적절히 균형 있게 될 때 우리의 신체적 건강 역시 보장될 수 있다. 따라서 우리는 다양하게 머리를 쓰고 공부를 하고 지적인 즐거움을 찾아가야 한다. 그것이 고령화를 준비하는 가장 기본적인 원칙일 것이다.

우리나라는 남과 비교하고 남에게 지기 싫어하는 민족이다. 사촌이 땅을 사면 배가 아프고 억울하면 출세하는 것밖에 방법이 없다. 열세, 억울함에서 벗어나기 위해 우리 국민들은 얼마나 열심히 일하며 빨리빨리 달려왔는가? 하지만 때로는 부동산 대박을 꿈꿨다가 하우스푸어가 되기도 하고 자꾸 바뀌는 제도 때문에 어디에 장단을 맞춰야 할지 정신을 차리기가 힘들다. 이런 억울함과 스트레스를 아직은 국가가 위로해 줄 형편이 안 된다. 그러니까 이 모든 것으로부터 보상받을 방법을 스스로 찾아야 한다. 개인의 몫인 것이다. 그래서 우리의 인생은 재미가 있어야 한다. 이것들로부터 보상받을 수 있는 유일한 길은 사랑과 재미뿐이니까~!

재미, fun은 인생에서 가장 중요하다.

어떻게 재미를 찾을 것인가? 노력 끝에 얻은 재미가 가장 꿀맛이다. 모든 것은 fun을 극대화하기 위해 활용되어야 한다.

영어 공부는 해외여행을 갔을 때 유용하다. 길을 물어보고 생계를 유지하는 것뿐 아니라 현지인들과 자유롭게 소통할 수 있고, 쇼핑을 할 때도 많은 도움이 된다.

음악은 확실히 삶을 부드럽게 해준다.

댄스는 섹시함을 유지하는 데 있어서 탁월한 효과가 있다.

어학 공부는 인생을 멋지게 살기 위해서 가장 필수적인 조건이다.

하지만 종종 fun이냐 moral이냐 하는 문제 사이의 딜레마에 빠지게 되는 경우도 있다. 도덕, 윤리, 양심 그리고 질서를 어떻게 조화시킬 것이냐? 이런 것들을 관리하는 방법이 바로 그 사람이 사는 방식, 그 사람의 인생이다. 내가 누리고 있는 만큼 베풀지 않으면 주변의 따가운 시선과 비판을 받는다. 너무 가까이서 많은 참견을 받게 된다. 따라서 뭐든지 적당히 할 필요가 있다. 너무 자신을 내세웠다간 왕따가 되기 십상이다. 그러나 무엇보다도 중요한 것은 유머. 재미로 이런 상황들을 극복해야 한다.

유머는 친화력을 발휘하여 대인관계를 성공하게 만들고, 불안과 긴장을 이완시켜 안정과 행복을 안겨준다.

그리고 이렇게 관리된 인생에 대해 당당해지자. 그 어느 누가 나를 비난하거나, 중상모략하거나, 탄압하고 비방하더라도 기죽을 필요가 없다. 어차피 내 인생에 아무 도움을 주지 않는 사람의 해코지에 상처받지 말고 난 나답게 살면 되는 거니까!

　　흔히 모차르트와 베토벤, 이태백과 두보를 비교하곤 한다. 모차르트가 '음악의 신동'이라면 베토벤은 '음악의 성인'으로 불린다. 이태백이 낭만적 서정을 노래한 '시의 신선'이라면 두보는 현세적 우국지정을 노래했던 '시의 성인'으로 비유된다.

　　초등학교를 다닐 때 나는 어느 교수님의 오디션을 보기 위해 모차르트 변주곡 〈작은 별〉을 연습한 적이 있었다. 나에게 피아노 레슨을 해주시던 선생님은 피아니스트가 연주한 모차르트의 변주곡을 들려 주셨다. 우리가 흔히 알고 있는 노래, "반짝 반짝 작은 별, 아름답게 비추네…" '이 노래가 이렇게 아름다운 곡이었구나' 하는 것을 새삼 깨달았다. 특히 피아노의 선율은 마치 옥구슬이 쟁반 위를 굴러 떨어지는 듯한 영롱한 소리를 내고 있었다. 다른 많은 모차르트의 음악이 대체로 이러한 느낌을 준다.

사람의 뇌를 거치지 않고 하늘이 뚝 떨어뜨려 준 노래 같은, 천상의 요정
이 노래하는 듯한 선율. 그래서 신동 모차르트의 음악은 인간적이지가 않
다. 인간의 고뇌, 번민, 희로애락과는 무관하게 들린다. 어릴 적 이런 모차
르트의 음악이 너무 좋았다. 이렇게 아름다운 선율이 머리 속에서 반짝반
짝 맴도는 그에게 이 세상의 거친 소리들이 얼마나 견디기 힘들었을까?
내가 모차르트가 살던 당대의 사람이었다면, 아마도 나는 모차르트의 광
팬이 되었을텐데… 모차르트가 그렇게 젊은 나이에 숨을 거두게 된 것이
못내 안타까웠다.

반면 베토벤의 음악에는 인간적 분노, 슬픔, 광기 등이 거침없이 표현
되어 있다. 베토벤이 인생을 통해 겪었던 삶의 애환이 녹아 있는 너무나
도 인간적이고 감동적인 그의 음악은 모차르트 음악 못지않게 수 세기가
흐른 오늘날에도 변함없이 많은 사랑을 받고 있다.

나이가 들면서 나의 음악적 취향, 혹은 음악에 대한 이해도 약간씩 변
해 간다. 점점 베토벤 음악이 공감되고 마음으로 다가온다. 나이가 들면
트로트가 좋아진다는 재미있는 말도 공감이 간다. 우리는 인간이기 때문
에 너무나 많은 한계와 좌절을 경험한다. 모차르트를 시기, 질투한 살리
에르의 고통도 이해가 된다.

천부적으로 타고난 천재성과 한계를 뛰어넘기 위한 인간적 노력… 나
이가 들수록 점점 더 이러한 인간적 노력에 더 많은 가치를 두게 되고, 오
르막을 향해 공을 굴리는 어리석음으로 인생을 살아가야 한다는 진리에
공감하게 된다.

클래식이냐, 가요 및 팝송이냐. 클래식은 우아하고 격조 있는 음악이고, 가요나 팝송은 말초적이고 격이 떨어지는 딴따라 음악이라는 논란은 사실 무의미하다고 본다. 오늘날 얼마나 다양한 음악 장르가 있는가? 일렉트로닉이 대세인가 하다 보면 어느덧 이에 상응하는 아날로그 감정을 두드리는 음악이 다시금 인기를 모은다. 이렇게 우리는 다양성이 공존하는 풍요로운 사회 속에 살고 있다. 싸이의 〈강남 스타일〉이 세계적으로 퍼져 지구를 들썩거리게 하는 오늘날, 어떤 이는 더 이상 문화적 엘리트는 없다고 말한다. 무수히 많은 다양한 사람들이 나름 그들의 인생 스토리를 갖고 살고 있는 것처럼, 다양한 음악들은 각양각색의 의미와 감정, 사연들을 갖고 사람들의 감정을 적시고 달래면서 함께 웃고 울고 있는 것이다. 대중문화가 대중에게 제공하는 지극히 큰 만족이 지속적인 시간의

시험을 견뎌 후세까지도 그 미적 만족을 제공할 수 있을 때 그 대중문화
는 클래식 못지않은 예술적 가치를 지닌다고 볼 수 있다.

음악을 지식으로 이해하고 싶지는 않다. 그냥 느끼고 싶을 뿐이다. 우
리를 구성하고 있는 세포들, 수많은 줄들…. 음악은 이것들을 터치한다.
그리고 그 반응으로 분비되는 신경전달 물질은 우리를 행복하게 한다. 바
로 그것 자체가 목적인 것이다. 음악, 예술의 기능은 일상적인 감정, 느낌
을 하나의 완성품으로 승화된 감정의 결정체로 끌어올려 준다. 또한 좀
더 높은 차원의 행복과 만족감을 주기 위한 화학작용(chemical reaction)
을 불러일으키는 정신적, 정서적 작용이다. 이것이 진정한 예술의 혼, 예
술의 힘, 그 열정일 것이다.

이러한 예술을 제대로 이해하기 위해 때로는 그 예술 작품의 배경을
제대로 이해할 필요가 있다. 우리가 어느 누군가 심정을 이해하려면 그와
의 대화를 통해 그 숨은 감정과 필연을 이해해야 하는 것처럼, 그 음악의
작곡가를 만날 수는 없다. 하지만 그가 그 음악을 작곡할 당시의 배경을
이해함으로써 우리는 그의 영혼을 함께 이해하면서 그 곡의 아름다움을
공감할 수 있을 것이다.

　사진전을 보러 간 적이 있었다. 베를린을 소재로 한 쪽은 독일 사진작가의 작품이, 다른 한쪽은 프랑스 사진작가의 작품이 전시되었다. 양쪽에는 같은 실물을 찍은 사진들도 더러 있었다. 그런데 어쩌면 의심스러울 만큼 두 작품의 느낌이 전혀 다를 수 있을까? 즉, 소재를 파악하는 작가의 생각과 해석에 따라 똑같은 물건을 찍은 사진은 전혀 다른 작품으로 둔갑한다. 다시 말해서 사진은 사실이 아니다. 분명 실물을 소재로 한 창작이다. 그래서 사진은 예술인 것이다.

요즘같이 사진이 사랑받은 시기는 없었을 것이다. 이제 휴대 전화에 내장되어 있는 카메라는 상당히 고화질의 사진을 찍어낸다. 언제든지 휴대 전화만 꺼내면 뭐든지 사진으로 만들어 저장하고 쉽게 전달할 수 있다. 사진은 이제 우리 생활의 필수품이 되어 가고 있다. 그러고 보면 '카메라' 라는 기기는 신기하고도 재미있다. 이렇게 누구나 할 수 있는 사진 찍기에도 분명 찍는 이의 의도나 느낌은 전달된다. 정말 요즘은 가수 아닌 사람 거의 없고, 사진작가 아닌 사람이 거의 없는 시대가 맞는 것 같다.

소재의 동일성이란 맥락에서 생각해 보면 똑같은 24시간을 살지만, 전혀 다른 인생을 사는 우리의 삶도 이와 비슷하다. 누구에게나 공평하게 24시간으로 주어진 하루를 어떻게 그려나가느냐는 역시 자기 몫이다. 영화나 예술 같은 인생도 있고, 지리멸렬한 인생을 살 수도 있다. 어떤 색깔로, 어떤 느낌으로, 자기 인생의 스타일을 만들어 갈 것인지, 남은 인생에 대한 그림을 좀 더 상상해 봐야겠다.

　다섯 가지 감각, 즉 시각, 청각, 촉각, 후각, 미각 등의 본능이 충족될 때 우리의 정신, 영혼도 더욱 더 살찌울 수 있는 것이 아닐까? 이 중 맛이 주는 쾌감, 이것은 어쩌면 우리에게 가장 원초적이고도 필수적인 감각일 것이다. 미각을 만족시켜 주기 위한 음식은 우리의 건강과도 밀접한 연관이 있기 때문에 웰빙 문화를 통해 요리의 중요성은 이미 충분히 인식되고 있다.

삶을 살다 보니 필요가 취미를 만든다는 진실을 알게 되었다. 필자 역시 요리에 많은 관심을 갖고 있는 터에 몇 차례 강습을 받아 보았다. 늘 적당량, 적당 시간 끓여서, 혹은 볶아서가 아니라, 몇 스푼, 몇 cc, 몇 분이라는 과학적이고 분명한 단위를 통해 설명된 레시피는 그만큼 맛에 대한 신뢰도를 높여 준다. 강습을 먼저 듣고 조별로 준비된 신선한 재료로 배운 요리를 몸소 해본다. 그리고 시식의 순간 느낄 수 있는 경이로움~! 하느님, 정말 제가 이 요리를 만들었습니까? 혼자 집에서 인터넷으로 다운로드 받은 레시피를 보며 새로운 시도를 해보았다. 과연 어떤 맛이 나올지 정말 떨리는 순간이었다. 빙고~! 요리는 정직하다. 레시피에 충실하게 만들면 반드시 만족스러운 맛이 나온다는 진실을 몸소 체험하였다.

분량과 시간, 방법 등 배운 대로 한다는 것이 쉬운 일은 아니다. 그러기 위해서는 정확성과 이를 뒷받침 할 수 있는 성의가 필요하다. 요리는 과학이며 정성이 담긴 예술이다. 또한 이렇게 만들어진 요리는 건강하게 살아갈 수 있는 원동력이 되는 것이다. 어느 누군가에게 자신이 표현할 수 있는 가장 진실한 방법이 요리 아닐까? 사실 이렇게 말하면 현대인들은 덜컥 마음의 부담을 느낄 것이다. 하지만 정성과 애정을 담아 손님을 맞이하고, 준비한 음식을 대접하는 것은 진심 어린 마음의 표현일 것이다.

쇼핑은 단순한 장보기가 아니다. 쇼핑은 경우에 따라 제품을 구입하는 것 이상의 의미를 내포한다. 실제로 사회학자들은 쇼핑의 역사와 의미를 연구한다. 제품을 구입한다는 것은 돈을 서비스나 재화와 교환하는 단순한 행위에 불과하다. 하지만 쇼핑은 여가 시간이 주어진 인간의 행위로 인해 진화된 개념이라 할 수 있다.

쇼핑은 제품을 음미하고, 비교하고, 만져보고, 시도해보는 행위를 말한다. 인간의 열망이 담겨있는 것은 물론, '사냥하고 탐색하는' 기회를 의미하는 행위라 할 수 있다.

쇼핑은 진화하면서 재미와 교육적 요소를 아우르게 되었다. 따라서 사람들은 쇼핑을 통해 일상생활에서 새로운 의욕을 느끼게 된다. 쇼핑을 통해 자유에 눈을 뜨고 환상을 충족시키며 스트레스를 해소할 수도 있다.

따라서 쇼핑은 어떤 경우 살면서 응당 누려야 하는 즐거움과 맞먹는다고
할 수 있다.

　우리는 가끔 쇼핑을 통해 예술적 욕구를 충족시키는 즐거움을 맛보기
도 한다. 빈에서의 쇼핑 때 나는 인테리어 소품에 관심을 갖고 있었다. 크
리스털, 청동 조각, 장식용 식기구, 등 다양한 소품을 파는 상점들이 즐비
했다. 그 중 특히 크리스털 작품들이 참 멋지고 아름다웠다. 장인 정신이
깃들어 있는 물건, 그 독특한 문화와 영혼이 묻어 있는 소품을 내 것으로
갖고 싶은 욕구가 생겼다. 고심 끝에 하나의 크리스털 소품과 행운을 준
다는 코뿔소 및 청동 바구니 등을 선택했다. 크리스털이 만들어지는 과정
에서 염색이 들어가고 우연적으로 발생되는 무늬와 탁월한 색채감을 보
여주는 소품이었다. 이것을 만들기 위해 고심하고, 여러 차례 염색법을
시도했을 어느 장인의 손길이 느껴졌다. 청동 조각들도 매끄러운 곡선으
로 처리된 섬세한 손길이 느껴졌다. 어느 누구의 손으로 만들어졌는지는
모르지만, 어쨌든 나는 그것을 비엔나로부터 집으로 가져왔다!

　돌아와서 짐을 풀고 선택한 소품들을 널어놓고 보니 아쉬움이 남는다.
비록 사지는 못했지만, 망설였던 많은 다른 소품들이 떠올랐다. 이제는
다시 돌아가 살 수도 없는데, 다 갖고 싶었던 욕심을 자제하느라 힘들었
다. 그랬구나! 빈이 정말 아름다운 도시였구나! 짧은 기간이었지만 오스
트리아의 장인이 만들어낸 소품들을 조금이라도 가져와서 언제든지 그
영혼을 다시 볼 수 있게 되었다는 기쁨에 뿌듯해진다. 이제 난 제법 오스
트리아에 친숙한 사람인 것 같다.

'건강한 육체에서 건전한 정신이 깃든다.' 고대 로마 시인 유베날리스가 지은 시의 한 구절로 전해지는 말이다.

이 말에는 우리가 스포츠를 생활화해야 하는 이유가 함축돼 있다. 실제 우리는 몸이 아프면 일이나 학업을 하는 데 어려울 수밖에 없다. 삶의 목표를 달성하기 위해 노력하는 과정을 지속하려면 건강한 몸을 만드는 것은 필수다. 몸에 병이 생기거나 허약한 체질은 자신의 목표 의식을 흐려지게 하는 것은 물론 삶에 대한 자세와 정신을 나약하게 만들 수밖에 없다. 따라서 우리가 스포츠에 열광하고 직접 참여하는 것은 단순한 여가 생활이나 미용적인 측면을 뛰어넘어 대단히 중요한 의미가 있다고 할 수 있다.

이미 유행어가 된 지 오래인 '얼짱 몸짱' 이것은 이제 삶에 대한 예의, 삶의 자세가 되어 버렸다. 많은 사람들이 이를 위해 필사적으로 노력한다. 필자는 호기심으로 다양한 운동을 시도해 보고 배웠다. 몸에 정말 좋은 운동들을 통해 육체적, 정신적 건강을 유지하고 균형감 있는 몸매와 아름다움을 추구해보자.

요가를 통해 몸의 균형 감각을 익히고, 정서적 안정을 얻자. 모든 근육을 골고루 스트레칭 시켜 주는 것은 다른 근력 운동을 한 후 뭉친 근육을 요가로 쭉쭉 늘려주면서 근육이 아름답게 자리잡도록 도와준다는 사실~!

필라테스를 통해 근력을 강화하고, 수영을 통해 심폐활량을 늘리고, 골프를 통해 노후에 대비한다. 계절 스포츠를 즐기고, 스포츠 댄스의 안무를 익혀보자. 여자의 워킹(walking)은 어디서나 중요하다. 걸음걸이를 보면 사람의 성격과 품위를 알 수 있다고 하지 않는가? 거울을 통해 내 몸의 움직임을 보는 것, 이것만큼 아름다움으로 가는 첩경은 없을 것이다.

살사의 현란한 안무는 소뇌의 운동에 좋고, 리듬감과 젊은 감각을 터치하는 힙합, 스트리트 댄스도 놓치기 아깝다. 또한 여성성을 유지하고 아름다움을 고양시키는 탱고나 살사 등의 스포츠 댄스에서 여성의 역할을 배운다.

이처럼 우리가 직접 스포츠에 참여하는 것은 삶의 자세를 진지하게 받아들이게 하는 효과가 있다. 스포츠는 단순한 행위를 뛰어넘어 사회생활에서 나에게 주어진 역할을 충실히 수행하게 해주는 원동력이 된다. 또한 내 몸과 마음의 건강을 책임진다는 '나에 대한 예의'라 할 수 있다. 스포츠는 사람의 잠재된 능력을 끌어내는 역할도 한다. 끈기와 용기로 봉착된 문제를 해결하려는 의지를 발현시키고 충만된 에너지로 긍정적인 인간관계를 이끌어 내는 힘 역시 스포츠를 통해 얻을 수 있다. 스포츠는 더 이상 여가 생활이 아닌 삶의 필수적인 행위라 할 수 있다.

백세 시대를 위한 고령화 대책으로 정부에서는 경제적 지원과 의료 서비스의 제공을 준비하고 있다. 급변하는 사회 속에서 조기 은퇴가 초래하는 서민 경제의 위기는 사실 심각하다. 하지만 우리가 경제적, 의료적 문제와 더불어 개인적으로 준비해야 할 것은 육체적, 정신적 건강일 것이다. 육체적 건강을 위해 웰빙 문화가 보편화되고 있어 몸에 좋은 음식, 몸에 필요한 운동 등에 대한 보급은 널리 되어 있다. 하지만 두뇌 운동에 대한 인식은 부족하다는 생각이 든다. 영업을 하는 사람이 영업 자체가 운동이 될 수 없듯이, 자신의 직업을 위한 정신노동 이외에 은퇴 후에도 즐거움을 위해 지속할 수 있는 정신적 운동이 건강을 위해 꼭 필요할 것이다. 고령화에 따라 무력감을 느끼는 큰 원인은 직장에서 은퇴하고 자신의 존재감이 줄어들고 즐거움을 찾을 곳이 없어진다는 것이 문제이다. 이러한 현상은 전문적인 직업일수록, 직업적 성취가 높고 강할수록 더 심한 후유증을 나타낸다. 친구와 친지들과 친목을 나누는 것도 한계가 있을 것이다. 결국 자신에게 지극한 즐거움과 정신적 만족을 줄 수 있는 활동을 갖고 있어야 한다. 취미든, 부업이든, 혹은 전혀 실용성이 없어도 좋다. 오로지 나만의 행복, 진정으로 내가 원하는 것을 찾자.

오늘날 3040 세대는 IT라는 문명의 수혜를 받기 시작한 세대이다. 생활은 놀랄 만큼 변했고, 또한 모든 부문에 있어서 퓨전, 다학제주의(multidisciplinarity)가 대세가 되고 있다. 이러한 변화는 정신적, 문화적으로 놀라운 발전을 가져왔다. 스마트폰으로 우리의 삶이 얼마나 변화되었는가를 생각해 보면 앞으로 또 어떤 상상을 초월하는 변화가 기다리고 있을지 알 수 없다. 다양한 콘텐츠, 공연, 전시, 영화, 등의 문화적 코드와 함께 다양한 방법의 소통 방법 등 눈부신 문명의 이기 한가운데 우리는 살고 있다. 시대가 제공하는 것과 시대가 요구하는 것들, 그리고 우리의 삶은 결코 따로 가는 것이 아니다. 우리에게 주어진 문명을 적극적으로 이용하고 향유하고 그것을 공유하는 지극한 즐거움을 만들어 가는 것이 바로 나의 두뇌 건강과 나아가 백세 시대를 준비하는 길이 될 것이다.

TV나 강연장에서 명사의 강의를 들으면서 깊은 공감을 할 때가 있다. 강연자가 자신의 지식을 청중에게 전달한다는 것은 신기하면서도 매력 있는 현상이라고 느낄 때가 있다.

사실 많은 지식인들이 자신의 지식과 경험을 다수의 대중들에게 전파하려고 노력을 한다. 때로는 책을 통해 불특정 다수의 독자들과 만나 지식을 전달하기도 하고 대학 강단에서, 또는 TV나 신문 등 미디어를 통해 지식을 전달한다.

필자가 아는 한 교수님은 강연의 즐거움을 이렇게 말했다. "내가 그동안 쌓아온 지식이 내 머리 속에만 있다면 무슨 의미가 있겠는가. 학생들을 가르치고 책을 출판하고 신문에 기고하는 모든 것들이 내 지식을 많은 사람들과 나누기 위한 노력인 셈이다."

맞다. 지식은 나눠야 더욱 풍성해지고 의미가 부여되기 마련이다. 따라서 필자도 가끔 멋지게 강연하는 사람을 보면 부러워지고, 어떻게 하면 나의 지식에 청중들이 공감할 수 있도록 만들까 생각해 보기도 한다.

강연을 잘하기 위한 조건은 첫째로 당연한 말이지만 자신의 지식이 충만해야 한다. 특정 분야에서 오랜 기간 각고의 노력으로 쌓아 올린 전문 지식이 있어야 다른 사람에게 나눠줄 정보도 지식도 나오는 것은 당연하다.

그렇다면 전문 지식만 충만하다고 훌륭한 강연자가 될 수 있을까. 물론 그렇지 않다. 강연도 강연자와 청중간 커뮤니케이션이다. 효과적인 커뮤니케이션을 위해서는 숙련된 스킬이 필요하다.

우선 강연은 말로 하는 것이니, 말을 잘해야 한다. 말을 잘하기 위해서 전문가들은 세 가지 요소를 꼽는다. 인내, 준비, 실천력이 그것이다. 이 중 인내란 강연의 전문가 반열에 오를 수 있을 때까지 열심히 공부해 지식을 쌓는 것이다.

어떻게 보면 당연한 말 같지만 누구나 실천할 수 없는 것이 바로 '열심히 공부' 하는 것이 아니겠는가. 열심히 공부한다는 것은 인내가 필요한 것이고, 또 강연을 하기 위한 준비 과정인 셈이다. 따라서 늘 공부하는 자세를 견지하고 노력을 기울이면 자신의 전문 분야 지식이 높아지는 것은 물론 강연을 할 수 있는 인내와 준비의 요건이 갖춰지는 셈이다. 그리고 실천력은 이 같은 사실을 이론으로만 알고 있지 말고 실행에 옮겨 자신의 것으로 만드는 것이라 할 수 있다.

지금 내가 찍고 있는 좌표는 거대한 역사의 어느 시점일까?
여행을 통해 역사의 다양한 좌표들을 경험해 본다.

여행이 내게 주는 선물

　이 시대의 오늘은 역사의 성장과 진화 과정의 한 시점이라고 볼 수 있다. 예를 들면 유구한 역사를 갖고 있는 유럽은 산전수전 다 겪어 본 성인이라 할 수 있다. 미국은 장래가 촉망되는 출발부터 민주적으로 시작된 청소년, 그리고 우리나라는 그 중간쯤일 것이다. 그렇다면 지금 내가 찍고 있는 좌표는 거대한 역사의 어느 시점일까? 여행을 통해 역사의 다양한 좌표들을 경험해 본다.

　테제베(TGV)를 타고 내린 도시 파리, 새침한 듯한 무표정한 얼굴에 안개 자욱한 회색의 도시. 예전에 본 듯한 느낌, 전생에 아마도 난 파리 여자(parisienne)였으리라.

　언니네 집으로 향했다. 드디어 파리에서의 여행이 시작된다. 생각보다 건물의 내부는 누추하다. 더운 물도 찔찔 나오는 것이 어린 시절 가정집에서 보일러를 때며 지냈던 겨울철과 다를 바가 없다. 좁고 소박한 거실에 소파를 침실로 사용했다. 피곤한 몸을 누이고는 천정을 둘러보았다. 문득 벽지에 시선이 멈추었다. 기하학적 무늬가 주는 신비감은 나에게 자유를 허용해 주는 듯한 느낌이었다. 영혼의 자유를….

　다음 날 언니와 함께 발레 공연을 보기 위해 오페라 하우스로 향했다. 지하철 승강장을 내려 발레 공연장인 오페라 하우스를 찾아 미로 속을 헤

매었다. 그러던 어느 순간 관악 4중주 소리가 어디선가 들려온다. 신비로운 선율로 마치 나를 부르는 것 같다. 나도 모르게 소리의 근원을 쫓아 귀가 이끌어주는 대로 움직였다. 어느덧 나는 오페라 하우스로 올라가는 계단 밑 예쁜 학생들이 관악 4중주를 연주하고 있는 광경 앞에서 발을 멈추었다. 낭만의 도시 파리. 이것이 97년 겨울 파리에서 본 첫인상이었다.

그 후 15년이 지나 나는 다시 파리를 찾았다. 지하철은 우리나라처럼 지하 깊이 수도 없이 많은 계단을 내려갈 필요가 없다. 몇 계단만 내려가면 바로 지하철이 멈추어 서는 승강장에 도달한다. 어느 정류장에서 지하철이 서행을 한 후 멈추기도 전에 한 남자가 지하철 문을 열고 내리는 모습이 보였다. 그 모습이 너무나 당당해 보여서 문득 로레알의 CF가 떠올랐다. 그 CF에서 모델이 얘기하는 카피 "나는 소중하니까~" 그래, 사람이 우선이다. 사람만이 소중하다. 지하철은 걷기가 귀찮을 때 보조적으로 타는 것뿐이다. 지하철을 타야만 목적지에 갈 수 있는 것은 아니다. 그저 내가 편하기 위한 수단일 뿐이다.

파리가 왜 파리이겠는가? 그들의 삶에 깃들어 있는 정신이 아름답지 않은가? 이미 우리나라의 강남은 파리의 거리보다 세련되고 화려하다. 그러나 우리의 의식과 사고도 충분히 성숙해 있는 걸까? 세계가 주목하고 있는 대한민국의 강남 스타일은 어떤 걸까? 우리도 파리지엥(parisien(ne)) 못지 않게 우리 자신에 대한 자존심과 긍지로 단단히 무장되어 있는 걸까?

in New York, 2nd day

내겐 오늘 시간이 충분치 않다. 하루 일정을 정리하며 몇 가지 옵션 중에서 우선순위를 가리느라 머릿속이 분주한 가운데 나는 호텔을 나섰다.

먼저 엠파이어스테이트 빌딩(Empire State Building)에 도착했다. 도심 한복판에 있는 102층의 고층 건물. 밤이면 86층 위쪽으로 뾰족한 탑 모양을 한 건축물이 화려한 조명과 함께 그 웅위를 자랑하는 미국의 자랑스러운 빌딩이다. 그 위에 올라가 도시를 한눈으로 내려다보며, 건물들의 높이만큼이나 빠른 속도로 우뚝 솟아오른 무수한 성공의 탑들을 내려다보며 미국이 '20세기는 America's century' 라며 자화자찬한 이유를 이해했다.

다음 번 행선지는 자유의 여신상(Statue of Liberty)이었다. 오른손에는 횃불을, 왼손에는 독립선언문을 들고 온몸으로 자유를 노래하고 있는 동상은 그 어떤 조각보다 아름다운 여인의 얼굴을 하고 있었다. 어떻게 이런 조각을 만들어 세울 생각을 했을까? 자유의 여신상은 프랑스 조각가 프레드릭이 미국의 독립을 기념하고 축하하기 위해 선물한 것이라 한다. 하여간 이쁜 짓은 모두 프랑스인들이 도맡아 한다. 하지만 600여 개의 조각들로 포장되어 미국으로 보내진 상은 경제공황으로 수십 년간 작품으로 완성되지 못하다가 세계 각국의 기금을 모아 에펠에 의해 비로소 완성되었다고 한다.

자유의 여신상을 관람하고 돌아오는 길에 우리는 차 안에서 멀리 보이는 웅대하고 아름다운 브룩클린 다리(Brooklyn Bridge)를 감상했다. 이 다리가 놓이기까지 얼마나 대단한 노력과 용기가 필요했는지에 대해 설명을 듣고 많은 것을 생각하게 되었다. 이 다리는 2세에 걸쳐 대를 이어 완공된 다리였고, 세계 최초의 적조 다리였다. 다리는 우여곡절 끝에 완공되지만 철다리만을 건너던 사람들은 아무도 이 다리의 안전함을 믿지 못하여 건너는 사람이 없었다고 한다. 그러자 황소 6천 마리를 몰고 이 다리를 건너는 퍼레이드를 하게 되었고, 무사히 황소들이 다리를 건너는 것을 본 사람들이 드디어 이 다리를 건너기 시작했다.

뉴욕의 모든 건물, 다리들은 각각의 역사적인 의미들을 담고 있다. 세계 최초의 삼각기둥의 건축물(flat iron), 세계 최초의 적조 다리. 이렇게 뉴욕은 도전과 개척으로, 불가능을 가능으로 실현시킨 도시였다. 그 곳에서 그들은 불길 같은 정열로 꿈을 향해 달리고, 억척스럽게 그 꿈을 실현했다. 아무도 가능하리라고 믿지 않았던 일들이 눈앞에서 이루어지는 꿈의 도시! 그렇게 이 곳은 꿈을 안고 몰려든 사람들에게 자유를 허용하고, 기회를 주고, 꿈을 펼칠 수 있도록 그들을 보듬어 주었다.

뉴욕 시내로 들어와 센트럴파크(Central Park)로 향해 가는 길에 무수히 많은 바, 카페들, 대학, 동상들을 마주하게 되었다. 시내 곳곳에서도 세계적인 배우, 가수들이 데뷔하고 발굴되었던 곳이 즐비하다. 그 어느 곳 하나도 세상을 놀라게 한 역사를 담고 있지 않은 곳이 없고, 그 역사는 불과 수십 년이 채 지나지 않아 아직도 따끈한 열기가 이 도시 전체를 휘감고 있다.

센트럴파크는 17년에 걸쳐 인공적으로 만든 세계 최고 규모의 숲이다. 모든 운동 시설이 구비되어 있는 이 공원은 울창한 산림으로 이 도시의 심장 역할을 충분히 해내고 있다고 한다. 공원 주변의 부촌은 영화 〈Sex and the City〉의 촬영장이 되었다고 한다. 근처 콜롬비아 대학에서도 도서관 앞에 끝없이 넓게 펼쳐진 잔디 위에서 축구 혹은 피구를 즐기거나 거나하게 낮잠을 자는 사람들을 보며, 마치 공기를 마시듯 아무렇지 않게, 이 윤택함과 자유로움을 한껏 누리고 있는 이 곳 학생들이 부러워졌다.

센트럴파크 안에 있는 메트로폴리탄 박물관(Metropolitan Museum)은 세계 3대 박물관 중 하나다. 뉴욕 현대 미술관(Museum of Modern Art)과 함께 꼭 들려봐야 할 곳으로 정말 추천하고 싶다. 박물관들은 역시 규모 면에서부터 압도적이다. 뉴욕 현대 미술관은 이름대로 현대적이어서 미국의 짧은 역사 속에 고대로부터 현대 미술에 이르는 역사가 한공간 안에 같이 살아 숨 쉬는 느낌이었다. 귀국해서 내 살 집을 인테리어 할 계획인데 이렇게 클래식한 것과 모던한 것의 조화를 주제로 꾸며볼 계획이다. 시간이 모자라 좀 더 꼼꼼히 관람할 수 없는 아쉬움을 뒤로하고 다시 화려한 밤거리 브로드웨이(broadway)를 지나 숙소로 돌아왔다.

IF YOU'RE FEELING OUT OF STEP, STEP HERE
TELEPHONE
TELEPHONE

　　무자극, 순도 100% 청량제 같은 비틀즈 음악의 본고장. 그 곳에는 셰익스피어가 있었고, 긴긴 역사를 통해 내려오는 웨스트앤드 뮤지컬이 있고, 각종 석조 건축물들이 고전적 웅위를 자랑하며 우아하고 고풍스럽게 아우라를 드리우고 있었다. 런던의 기후는 사계절 변동이 크지 않고 태풍이나 자연 재해가 거의 없어 이러한 석조 건물들이 천 년이 넘도록 그 섬세하고 아름다운 웅위를 보존하고 있었다. 조상이 내려주신 선물과 함께 자연까지 이를 뒷받침해 주는 축복받은 곳이었다.

요즘 런던은 통유리로 지은 건축물이 유행이다. 참 신기한 것은 엘리베이터가 하나의 통유리로 되어 있어 사면이 다 내려다보이는 것이다. 유리 제조 기술은 상당한 선진 기술이다. 더군다나 이 유리로 곡선을, 그것도 대형 건물의 넓은 한 면을 곡선으로 마무리한다는 것은 신기할 정도의 놀라운 기술을 요하는 것이다. 런던이라는 곳은 이렇게 겉으로 보면 보수적이고 차분해 보이지만, 그 내면에는 개척과 도전, 용솟음치는 감각과 끼의 본고장이었다. 건축물도 고전적인 석조 건축의 외양을 그대로 유지하면서 내부는 리모델링을 통해 현대적 감각의 최신식 인테리어를 갖추고 있었다. 건물의 안팎을 통해 옛것과 현대적 감각이 함께 공존하고 융화되어 있는 모습. 런던의 이미지는 새로운 인상(impression)을 주고 있었다.

　　런던의 뮤지컬 수 편을 봤는데, 내 개인적인 생각으로는 세계 최고다. 뉴욕에서도 봤고, 한국에서도 물론 많이 관람을 해봤지만, 런던의 뮤지컬처럼 완벽한 짜임새와 감동을 주지는 못했다. 일단 배우들의 실력이 탄탄하고 의상, 무대 장치, 조명 등 어느 하나도 미흡한 점이 없다. 특히 무대 장치는 오랜 전통을 통해 쌓아온 그들만의 노하우가 물씬 느껴졌다. 반드시 오케스트라의 공연이 한 무대에서 실시간으로 함께 진행되고 뮤지컬 배우들의 수도 부족함 없이 꽉 매워진다. 결코 하루아침에 이루어진 예술이 아니라는 생각이 들었다. 런던의 뮤지컬을 관람하면서 감동과 함께 의문이 생겼다. 사실 유럽 하면 자유, 개인주의, 창의 등등의 단어가 떠오른다. 그렇다면 어떻게 이러한 단체 공연인 뮤지컬의 성공이 이루어진 걸까? 왠지 뮤지컬, 연극보다는 감성과 자유가 필요한 패션, 모던 아트 등이 주류일 것 같은 유럽. 런던에서 이러한 많은 사람들의 조화와 질서가 요구되는 예술이 이렇게도 놀라운 진가를 보여준다는 것이 참 신기했다.

또 한 가지 놀랐던 것은 저녁 일곱 시가 되면 거리의 모든 상가는 문이 내려지고 쥐 죽은 듯이 고요하다. 나는 모든 런던 사람들이 다들 집으로 귀가한 줄로만 알았다. 그런데… 이곳은 밤의 클럽 문화가 대단한 열기를 띠고 있었다. 모든 야간 버스는 이 클럽에서 즐기고 나온 사람들을 클럽으로부터 집까지 안전하게 모셔다준다. 이럴 수가!

클럽의 내부는 로젯 형으로 구성되어 있고 각각의 방마다 각양각색의 음악들이 틀어지고 각기 다른 분위기의 춤들을 추고 있었다. 놀기 좋아하는 한국인들은 런던에서도 예외가 아니었다. 클럽 내부에는 한글로 '사무실' 이라고 적힌 푯말이 있어 한바탕 웃음을 자아냈다.

영국인들은 둘만 모여도 play를 구상하며 어떻게 놀 것인가를 궁리하거나 토론을 한다고 한다. 사회성이 뛰어난 민족인 것이다. 이렇게 나는 영국의 새로운 매력에 빠져들게 되었다.

　'내 감성에 물주기' 프로젝트의 일환으로 난 가장 예술적이고 아름다운 도시 빈으로 출발했다. 구정, 그것도 주말 낀 이틀 연휴. 수년 전 동유럽 여행을 하면서 잠깐 들렀을 때, 몇 박 며칠이고 빈에서만 머무르는 여행을 꼭 하리라 맘먹었던 기억을 되살리며 난 아름다운 음악의 도시 빈을 다시 만날 기대감에 설레기 시작했다.

　이번 여행에서는 주로 공연을 감상했다. 오페라, 오페라타, 발레 등 수시로 훌륭한 공연장에서 진행되는 연주에 관객과 배우들은 하나가 되어 웃고 감동을 나눈다. 너무나도 자연스러운 그들의 일상이 되어 버린 공연장. 모든 연령대의 사람들이 많지만 평일 저녁에는 주로 노인 부부들이 많이 공연을 보러 온다. 다른 나라에서는 보지 못한 코믹한 오페라타의 공연도 있었다.

또 한 가지 놀라운 것은 동호회 회원들만 입장이 가능한 공연장이 있고, 이 곳의 회원만이 공연을 예약할 수 있다. 시설은 빈에서 가장 훌륭하고 공연 또한 가장 수준 높은 공연이 펼쳐진다고 현지인들은 자랑한다. 우리나라의 예술의 전당처럼(시설은 그 만큼 크지 않지만) 그 곳에서는 음악에 관련된 각종 교육과 행사들이 진행된다. 악기를 매고 출입하는 사람들, 음악가들이 들러 서로 만나고 악보를 주고받거나 대화를 나누다 간다.

내가 파악한 바로 오스트리아의 국민 정서는 의외로 순박했다. 경이롭고 웅장한 조각과 건축물들, 그리고 그 속에서 늘상 이루어지는 수많은 공연들, 뮤지컬, 오페라, 발레…, 태생 자체가 예술일 것만 같은 오스트리아 국민들은 꽤 진지하고 점잖은 편이다. 독일과 프랑스의 퓨전이랄까? 하지만 프랑스 사람들보다는 훨씬 순박하고 진지해 보였다.

오스트리아 짤츠부르크의 미라벨 정원에 있는 서양의 천리마 페가수스! 앞발을 들고 울고 있는 늠름한 모습이 당장이라도 하늘을 날 것만 같다. 한때 가장 넓은 왕궁을 짓고 영토를 점령했던 기상이 쌀쌀한 겨울날 웅대한 석조 건물에 아직도 그 체온을 전하고 있는 듯하다. 이제는 과거가 되어버렸지만 오스트리아 사람들은 한때 그들이 누렸던, 그리고 그들의 조상이 이룩했던 역사의 한 장면을 기억하며 겸손하게 그들의 현재를 다져가고 있으리라.

마지막 날 나는 빈의 크리스털 작품을 파는 시장에서 하루를 보냈다. 골목에 줄줄이 늘어서 있는 상점들, 시내 한복판에 있는 대형 상점들, 그 중에는 바로 몇 주 전에 전시회를 마치고 보관 중인 예술 작품들을 소장하고 있는 상점들도 있다. 장인들의 영혼이 담긴 작품들에서 느껴지는 신비로움을 뒤로 하고 나는 클림트의 작품을 보기 위해 발길을 옮겼다.

오아시스를
클릭하다

초판 1쇄 펴낸 날 | 2013년 1월 31일

지은이 | 이민진
펴낸이 | 이금석
기획·편집 | 박수진
디자인 | 박은정
마케팅 | 곽순식, 김선곤
물류지원 | 현란
펴낸곳 | 도서출판 무한
등록일 | 1993년 4월 2일
등록번호 | 제3-468호
주소 | 서울 마포구 서교동 469-19
전화 | 02)322-6144
팩스 | 02)325-6143
홈페이지 | www.muhan-book.co.kr
e-mail | muhanbook7@naver.com

가격 13,000원
ISBN 978-89-5601-312-1 (13810)

잘못된 책은 교환해 드립니다.